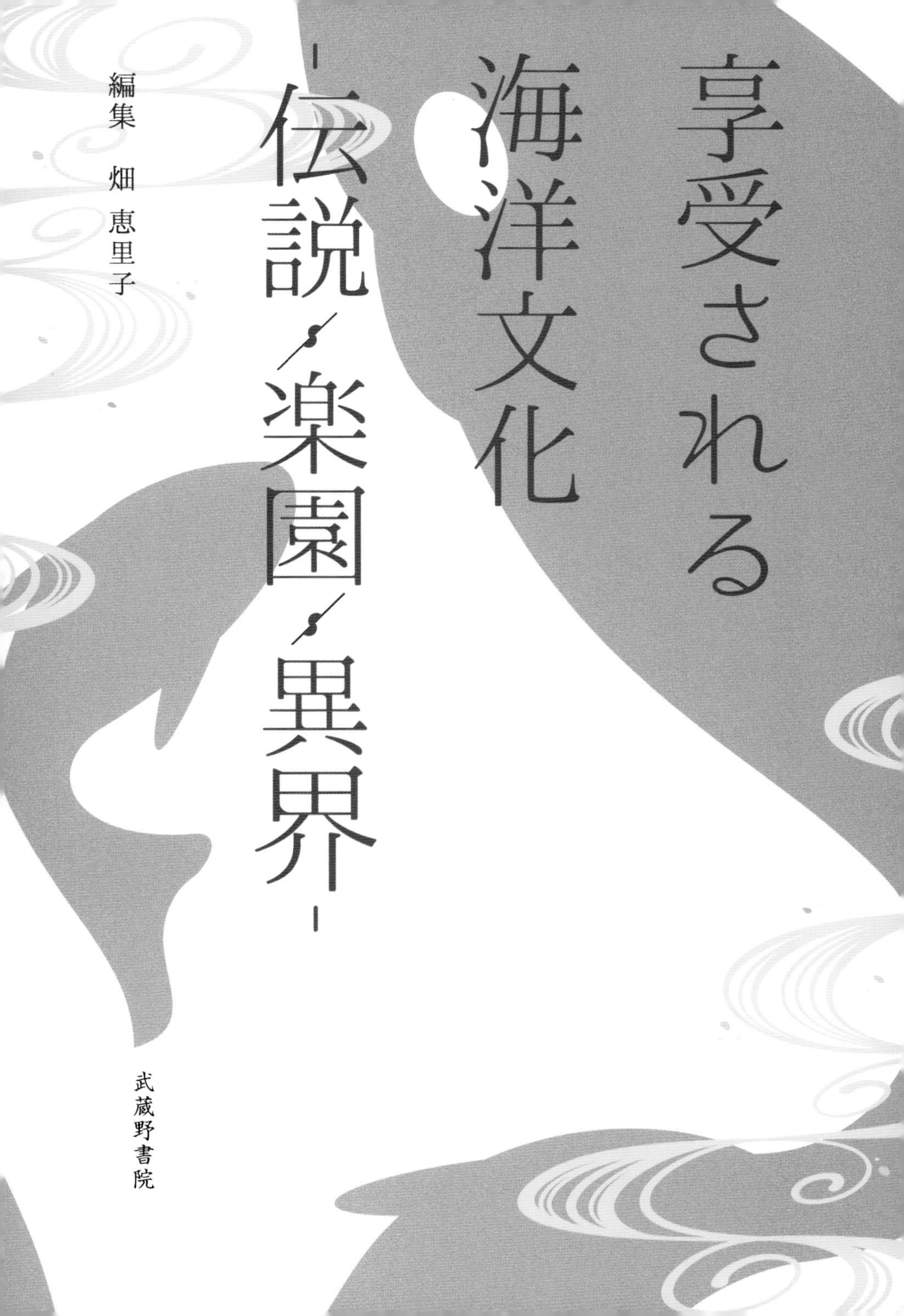

享受される海洋文化

―伝説／楽園／異界―

編集　畑　恵里子

武蔵野書院

享受される海洋文化——伝説・楽園・異界——

The Development of Maritime Cultures, Legends, Paradise, and the Other World

目次

序文にかえて

本書は日本学術振興会科学研究費助成事業基盤研究（C）「海洋文化圏から見る浦島伝説の宗教観」（研究課題／領域番号　21K00294　研究代表者　畑　恵里子）の研究成果の一部として開催したパネルディスカッションを主軸とした内容である。そのため、書名からはすぐにそれとはわからないのだが、浦島伝説が背景となっている。古代に記録され、全国各地に類話を持ち、現代もなお親しまれている息の長いこの伝説では、いわゆる龍宮という名を持つ海の異界が重要な要素となる。

それにしても龍宮とはどのような異界であるのか。そしてどこにあるのか。

浦島伝説の最古の記録は、『万葉集』（巻九・一七四〇番歌、一番「詠水江浦島子一首幷短歌」高橋虫麻呂）や『日本書紀』（雄略天皇二二年秋七月条）といった上代の資料である。そのうち、比較的詳述しているのは『丹後国風土記逸文』であり、そこでは、「水の江の浦の嶼子」たる浦島と、「亀比売《かめひめ》」いわゆる乙姫による結婚が主となっていて、神仙思想が色濃い。「海中《わたなか》」で釣り上げた「五色《いついろ》の亀」が女性の身体に転じ、その導きを受けて、浦島は眠りを通じて「蓬山《とこよのくに》」、「仙都《とこよ》」、「神仙《とこよ》の堺《くに》」という、いわゆる龍宮を訪れて歓待を受ける。植垣節也は「この「海中」は海上の意。海の遙か彼方を思い描いている」（新編日本古典文学全集『風土記』四七六頁頭注）と説明している。その場合、水平線のかなたに位置する海の異界といえよう。平安時代成立の『続浦島子伝記』（『群書類従』所収）には「万里《はるか》の波《なみ》の上《うへ》を済《わた》りて」（重松明久『浦島子伝』現代思潮新社、一九八一年）とあり、これも、水平線の先に龍宮が誘起されるように考えられる。『浦島子伝』（『群書類従』所収）も『続浦島子伝記』と近似している。いずれも、海の神のむすめである「霊亀」と結婚する浦島が居住することとなった龍宮について、宝玉や珊瑚等がふんだんに使用された絢爛たる宮殿であることが、漢文体で精緻に説明されている（重松明久『浦島子伝』前掲書）。

　時代がくだると、仏教の影響によって、それまでとは様相が異なる箇所が生じてくる。『今昔物語集』巻一六第一五「観音に仕る人竜宮に行きて富を得る語」は、浦島と同じく龍宮が舞台となる異界訪問譚である。男が命を助けた「小蛇」が女体に転じて、「小池」を通じて男を異界へといざない、そこで歓待を受けた男は餞別を得て、地上へ帰った後もそのおかげで富を得続けたという内容である。そこは「極楽」にも似た、壮麗な「龍王の宮」であったという。「仏教では大海の底にあって、『一切経』を収蔵する宮城で、仏法護持の竜王の居城」（新編日本古典文学全集『今昔物語集』二〇五頁頭注。頭注は主に稲垣泰一）というのだから、龍王の支配する海底の世界が「小池」の先にあるという設定と見てよいであろう。仏教の影響下による、海の中の垂直下方に位置する異界となる。『宇治拾遺物語』巻一二第二二「陽成院ばけ物の事」でも、「大きなる池」の「主」で「浦島が子の弟」と名乗る「浅黄の上下《かみしも》着たる翁の、殊の外に物わびしげなる」という超自然的存在が登場している。

　大乗仏教として代表的な経典のひとつである『法華経』では、「提婆達多品」に「従於大海娑竭羅龍宮自然涌出」とあり、娑竭羅《しゃから》龍王のむすめである龍女《りゅうにょ》による法華経護持と変成男子による成仏の過程とが示されている（坂本幸男・岩本裕　訳注『法華経　上・中・下』岩波文庫、一九六二年。植木雅俊　訳『サンスクリット原典現代語訳　法華経　上・下』岩波書店、二〇一五年。植木雅俊　訳『梵漢和対照・現代語訳　法華経　上・下』岩波書店、二〇一八年）。龍という畜生の属性の他、女という性、幼年の子どもという幾重もの負の属性を持っているため、龍女は、本来ならば成仏に最も遠いはずであったのだが、そうした存在でさえ、法華経を受持して実践すれば成仏は可能であるとして、その功徳を説いている。よって、同じ龍宮でも、異界の美しい神女との突然の結婚を語る浦島伝説とは相当に相違しているのだが、龍王という支配者のいる日常性を超越した海中の異界という点は共通している。

『御伽草子』の『浦島太郎』になると、龍宮の四方に四季が配されるようになる。春から冬にかけての美しい四つの景色が同時に存在しており、浦島は乙姫の案内のもと、それらを堪能している。地上とは時間の流れが相違することが、季節の並列によって付加されていく。

近世になると、一層、理想的世界の形容のもとに、龍宮は表現されるようになる。龍宮の現在のイメージは、近世前期から近世後期にかけて定着したものであると、林晃平は指摘する（林晃平『浦島伝説の展開』おうふう、二〇一八年）。草双紙の一種である黒本の舞鶴市糸井文庫蔵『水江浦島《みずえのうらしま》　対紫雲篋《ついのたまばこ》』では、歓待を受ける龍宮の素晴らしさが「喜見城《きけんじょう》」と叙述されている（明和八（一七七一）年。舞鶴市へ掲載許諾確認済。詳細は、畑恵里子編『平成二九（二〇一七）～令和二（二〇二〇）年度日本学術振興会科学研究費助成事業基盤研究（C）課題番号17K02438「舞鶴市糸井文庫蔵浦島伝説関連資料の基礎的研究」研究成果報告書―伝説と文学とについての越境論的提言―A Basic Study on Primary Sources related to Urashima Legend in the possession of Itoi Bunko Library in Maizuru City ― A Proposal for Cross-border View of Legend and Literature―』静岡英和学院大学人間社会学部人間社会学科畑恵里子研究室、二〇二一年）。「喜見城」とは仏教用語であり、天人が遊ぶという帝釈天の居城で須弥山の山頂にあるとされていて、善見城とも言う。転じて、近世ではいわゆる花街を指す場合がある。本作品では理想郷として、あるいは、やや卑属で享楽的な時空間のひとつとして、「喜見城」と表現されていると解しうる。この場合、世界中心的な地にあたる須弥山にあるというのだから、海底というよりも、どちらかといえば海上の印象が強いように考えられる。

近代になると、『古事記』の翻訳等で知られるバジル・ホール・チェンバレンが手がけている縮緬本（英語版）の『THE FISHER・BOY URASHIMA』（長谷川武次郎、『日本昔噺　第八号　浦島』、弘文社、明治一九（一八八六）年）では、浦島が龍宮へ向かう際の叙述に際して「the Dragon Palace beyond the deep blue sea」等の表記をとっている。そのため、龍宮が水平線上に存在しているという理解のもとに、チェンバレンは「beyond」を選択したことになる。併せて、「beyond」からは、異界の超越性を示唆しているようにも読める。同書には、舟先の松原の先に龍宮がデザインされている挿絵が採用されている。この絵柄からも水平線のかなたにある海の異界という印象が植え付けられる内容となっている。

このように、龍宮とは超自然的存在の住まう海洋の異界であるのだが、人間にとって恐懼や不安を誘引するようなものではなく、理想的で享楽的な楽園としての側面が押し出されている点が特徴のひとつとなっている。そしてその場所は、海の底とも水平線のかなたともされていて、一定していない。

そういえば、浦島伝説に限らず、日本文学・日本文化では、超自然的存在と人間との接点を持つ舞台として、海や海岸がしばしばえがかれてきた。

たとえば、『駿河国風土記逸文』の天女伝説では、「神女」いわゆる天女が「漁人」と出会うのは、「北」に「富士山」、「南」に「大洋海」、「西」に「久能山」という地形に臨む、「松林」の茂る「三保の松原」である。「三保の松原」は現在の静岡県静岡市清水に位置しており、太平洋の駿河湾を背景とする。もっとも、植垣節也は「古風土記の逸文とは認められない後世の風土記の断片等」(新編日本古典文学全集『風土記』五六六頁頭注)としてもいる。とはいえ、駿河国の三保の松原は能楽「羽衣」で取り上げられているように、天女にまつわる代表的な地として伝えられてきたと見てよい。この場合の異界は「天」や「雲」、つまり垂直上方となる。「天」からきた「神女」を語る際に、「大洋海」と「富士山」とが背景として選び取られている。この場合の異界は「天」だが、超自然的存在と出逢う場所としては「松原」、つまり海岸となる。そういえば三島由紀夫も、『豊饒の海』の最終巻『天人五衰』で、三保の松原を舞台のひとつに設定していた。こうした海洋にあるとされている異界へのまなざしを考える場合、たとえば、柳田国男の「海神宮考」が示唆的である。龍宮と沖縄のニライカナイとの関わりの他、記紀神話の海幸山幸や根の国等、海洋にある異界の様相が取り上げられている(柳田国男『海上の道』筑摩書房、一九六一年)。本土とは色彩の異なる豊かな文化を示してくれる好例は、やはり奄美・沖縄であろう。そこに伝わる最古の歌謡集『おもろさうし』では、

「ニライカナイ」という神の世界の理想郷が、東方の海のかなた等にあるとされている。水平線の向こう、つまり平行の先の世界となる。沖縄は琉球王国という本土とは別の形態の国家であり、聞得大君《きこえおおきみ》、いわゆるノロという女性の祭司者が、男性の国王を宗教的側面から補佐していた。『おもろさうし』は宗教的要素も含まれる歌謡集であり、そこにはノロの姿も垣間見える。奄美・沖縄の海洋の伝説は、太平洋とも日本海とも異なる独自性を持つ。

それにしても、これら海を舞台とする理想郷たる異界の文学的表現方法には、いったいどのような特徴があるのか。海洋が異なれば取り巻く環境も異なるのであるから、影響関係は少なからずあろう。風土が孕む独自性は、文学や文化の理解のためには留意しておくべき要素のひとつであると、かねがね認識してきた。そこで海ごとに切り分けて、楽園としての異界がどのように表現されているのかを比較して、海洋文化という視点から考察を深める試みを持ちたいと考えた。それに、日本文学や日本文化を知るには、外部からのまなざしや比較は不可欠であり、他文化を知ることによって、日本の古代の伝説への理解を深めることが可能となる。ことに浦島伝説の場合、上代から現代に至るまで享受され続けてきた数少ない文学作品という特徴を踏まえれば、異界や超自然的存在をえがく本伝説は、日本文化における宗教観の一端を探りうる好材料となるはずだ。

ただし、浦島伝説は、時代によって揺れが見られる。

先に触れたように、古代では「蓬山《とこよのくに》」、「仙都《とこよ》」、「常世《とこよ》」等と表記されており、中世に「竜宮浄土」との表記をとるようになる（『室町物語草子集「浦島の太郎」』新編日本古典文学全集）。龍宮あるいは龍宮城という言葉は、当初から見られたわけではない。古代では、浜辺で亀を加害している子どもたちは登場せず、亀を助けた浦島への報恩譚の要素もない。亀はいわゆる乙姫へと転身して海の世界へといざない浦島と結婚することから、古代では恋物語の側面が色濃い。中古・中世でも「浦島が箱開けて悔しき」（『室町物語草子集「浦島の太郎」』新編日本古典文学全集）等のような悔恨の表現は見られるのだが、そのかたわら、縁起物としての側面が明確に付与されるようになっていく。同作品の末尾では、浦島は「鶴」に生まれて「亀」と対になり、「君が代は千代に八千代をさざれ石の巌となりて苔のむすまで苔のむすまで」との和歌をもって締めくくられている。近世では、草双紙の一種である黒本の舞鶴市糸井文庫蔵『風流新版《ふうりゅうしんぱん》　竜宮曽我物語《たつのみやこそがものがたり》』（明和八（一七七一）年。舞鶴市へ掲載許諾確認済。詳細は、畑恵里子編『平成二九（二〇一七）〜令和二（二〇二〇）年度日本学術振興会科学研究費助成事業基盤研究（C）課題番号17K02438「舞鶴市糸井文庫蔵浦島伝説関連資料の基礎的研究」研究成果報告書―伝説と文学とについての越境論的提言―A Basic Study on Primary Sources related to Urashima Legend in the possession of Itoi Bunko Library in Maizuru City — A Proposal for Cross-border View of Legend and Literature―』、前掲書）のように、新春を言祝ぐ曽我物歌舞伎と融合して上演されたり、翁であることから長寿にあやかったりする等、祝祭の意味を一層強めるようになる。

　浦島伝説は享受層も時代によって推移している。伊預部馬養によって創作されたという浦島伝説は、当時、性愛が押し出された刺激的な作品として貴族層に伝えられてきたという（三浦佑之『浦島太郎の文学史―恋愛小説の発生―』五柳書院、一九八九年）。それは次第に、着実に、一般の人々の間へと浸透してゆく。後世の嫁入本や歌舞伎はそれに一役買ったであろうし、近代以降は明治期国定教科書に採用されたことから、教育現場を通じて全国的に伝播するようになってゆく。小説家・児童文学者である巌谷小波《いわやさざなみ》（生年　明治三（一八七〇）年〜没年　昭和八（一九三三）年）の関与した明治期の国定教科書所収「ウラシマノハナシ」は、均質的内容が全国に伝播する契機となったのであるから、教科書の影響は甚大であった（三浦佑之『浦島太郎の文学史―恋愛小説の発生―』、前掲書）。

　現在も浦島伝説は市井の人々に愛好されている。ただし、恋物語でも、縁起を担ぐものでもないであろう。語彙も展開も相違する。そのため、研究対象という視点で照射すると、幼少時から親しむ機会の多かったはずの浦島伝説は、途端に扱いが困難な作品へと転じてしまう。

　しかしながら、日本文化の宗教観を探る指標としては、この伝説は有益であり、魅力的である。そこで海洋文化圏の異界表現という視座から柔軟に考えてみる機会を作ってみたいと考えた。それはパネルディスカッションへ、そして本書へと結実していくこととなる。

さて、本書は、第一部・第二部という二部構成となっている。

第一部では、パネルディスカッション「海洋文化としての伝説・楽園・異界　Legends, Paradise, and the Other World, As Maritime Cultures」、および、そのアフタートークを所収している。

本企画の一つ目の目的は、浦島伝説をひとつの軸として、海を舞台とする異界へのまなざしが、作品によって、あるいは地域によって、どのように異なっているのかを探ることにある。海外に拠点を置く研究者や、丹後地域の浦島伝説に精通している歴史学の研究者とのセッションによって、これまでにないあらたな糸口を見つけることにあった。

二つ目の目的は、パネルディスカッションの参加者を対象とするアンケートを実施して、浦島伝説の享受の実態の一端を探るということにある。浦島伝説は現在も市井の人々に愛好されているが、どこから享受しているのか。現在は、おそらく教科書そのものの影響は考えにくいのではないか。学校教育とは別の享受の経路を探る方策を思案した結果、参加者を対象とするアンケートの実施が有益ではないかと想起した。それは伝統的な日本文学の研究方法からの逸脱となる。しかし、現在の浦島伝説の享受を探るためには有意義に機能するに違いないと確信した。幸いなことに、性格心理学・教育心理学を専門とする静岡英和学院大学の林智幸氏の協力を得ることができた。静岡県の一地域で収集したデータである以上、ある種の偏重はあろう。そこには日本語を母語としない留学生の回答も含まれる。それでも、享受の様相を探るための、ひとつの糸口となるはずだ。

前例のない試みという点では、本書に所収しているアフタートークも挙げられよう。日本文学研究では、従来、パネルディスカッション後は、パネリストが執筆した単著論文を、学術雑誌や書籍に一括掲載するパターンが多い。だが、本企画では、パネルディスカッションの後でパネリスト間の意見交換や議論も含めることにした。本来、アフタートークとは、演劇の公演後等に、出演者や演出家等が行う比較的小規模な座談会である。今回敢えてこの言葉を用いたのは、市井の人々へ本事業を開催した後、研究者同士で改めて基調報告の背景等を明らかにしたうえで、各自の専門性を踏まえたやりとりを行ってみたかったということにある。諸事情により、残念ながら一般参加者の前でのやりとりはできなかったが、従来の研究方法にとらわれない方法を、同世代の研究者の協力のもとに挑戦してみたいと考えた。これが三つ目の目的である。

第二部では、パネルディスカッションを踏まえた単著論文を所収している。

地域史・宗教史を専門とする小山元孝氏は、丹後地域独自の浦島伝説の史跡、ことに「皺榎《しわえのき》」と呼ばれている樹木に焦点をあてている。地上で玉手箱を開けた浦島が顔の皺をひきちぎって投げつけたといういわれを持つ皺榎を、地域の人々がどのように引き継いできたかを、当地の資料と共に提示してくれた。

アメリカに拠点を持つシュミット堀佐知氏は、記紀神話のトヨタマヒメやタマヨリヒメに焦点をあてて、『源氏物語』を分析している。光源氏の血の繋がった一人娘を産み出す明石の君は、海にゆかりの深い一族であり、光源氏の潜在王権に影響を与えた人物の一人となる。生みの母の明石の君と育ての母の紫の上、両者の対比は従来指摘されてきた中、堀氏は記紀神話を通じて新たな知見を提示してくれた。

日本とポーランドとに拠点を持つ園山千里氏は、バルト海を中心として、琥珀が誘引する当地の物語や神話を論じている。以前も園山氏は、ポーランドではドラゴンをめぐる話が市井の人々に親しまれていることを提示してくれた（日本学術振興会科学研究費助成事業基盤研究（C）「舞鶴市糸井文庫蔵浦島伝説関連資料の基礎的研究」（研究課題／領域番号　17K02438　研究代表者　畑　恵里子））。現在の日本では龍王の存在感はさほどではないのだが、近世までは、乙姫の父親であり海の支配者たる龍王は看過できない存在感を放ってきた。

わたくしは、アンケート分析結果の数値を踏まえて、現在の浦島伝説の享受の様相の一端を考えてみた。現在のわたくしたちは、どのような側面から浦島伝説を享受しているのか。学校等による公的領域からの享受と、家族等による私的領域からの享受との相違等、実態を再確認する機会となるであろうと考えた。従来の日本文学研究の方法とはまったく異なる新たな試みであるだけに苦慮したが、得がたい経験となった。

本書が何らかの問題提起となることがあれば幸いである。

令和四（二〇二二）年　秋晴れの気配が満ちる眩しい日本平の池田山で

立案・コーディネーター・編集　畑　恵里子

第一部

パネルディスカッション「海洋文化としての伝説・楽園・異界」

Legends, Paradise, and the Other World, As Maritime Cultures

パネリスト（五十音順）：小山　元孝／シュミット　堀　佐知／園山　千里

主催・コーディネーター・司会：畑　恵里子

日時：令和四（二〇二二）年一〇月一日（土）午前一〇時三〇分～正午

開場　午前九時四五分（日本時間）

会場：静岡英和学院大学　新館　楓ホール

ハイブリッド形式（シュミット　堀　佐知はリモート参画）

助成：日本学術振興会助成事業科学研究費基盤研究（C）

「海洋文化圏から見る浦島伝説の宗教観」

（研究課題／領域番号　21K00294　研究代表者　畑　恵里子）

後援（五十音順）：静岡市／ポーランド広報文化センター

一　趣意文

日本文学・日本文化では、しばしば、伝説の舞台に海や海岸がえがかれています。たとえば、静岡県静岡市の清水にある三保の松原、これは太平洋ですが、天女伝説で全国的に有名で、海辺で男性の若者に出会っています。また、日本を代表する伝説のひとつである浦島伝説では、主人公である浦島という若者が向かう、いわゆる龍宮という名の海の異界があります。浦島伝説は全国に点在しているのですが、最も古い記録は『日本書紀』（雄略天皇二二年秋七月条）等に見られる丹後国、つまり日本海です。沖縄・奄美の『おもろさうし』（一五三一〜一六二三年編纂）等によれば、「ニライカナイ」（「ニルヤカナヤ」等の表記も見られます）という理想郷があり、東方の海のかなたや海底にあるとされています。一口に海洋と言っても、その様相はさまざまです。

そこで、海ごとに切り分けて、異界がどのように表現されているのかを比較して、海洋文化という視点から考察を深める試みにしたいと考えました。海洋をめぐる異界文化は、どのようになっているのでしょうか。他文化を知ることによって、日本の伝説への理解を深めることが可能です。

日本海文化圏とそれ以外の海洋文化圏など、海を舞台とする伝説を対象として、異界がどのように表現されているのか、その一端を取り上げて比較を行い、考察を深める試みにしたいと思います。

また、参加者のみなさまには、後でアンケートにご協力していただき、現在のわたしたちが抱く伝説へのイメージを再確認する機会にしたいと考えています。

（パネルディスカッションのレジュメをもとにしています）

文責　畑　恵里子

パネリスト等紹介

パネリスト
小山　元孝（こやま　もとたか）博士（学術）Ph.D.　福知山公立大学　教授

パネリスト
シュミット　堀　佐知（しゅみっと　ほり　さち）博士（文学）Ph.D.　ダートマス大学（米国）准教授

パネリスト
園山　千里（そのやま　せんり）博士（文学）Ph.D.・Habilitation　国際基督教大学　准教授
ポーランド国立ヤギェウォ（ヤギェロン）大学　准教授

主催・コーディネーター・司会
畑　恵里子（はた　えりこ）博士（文学）Ph.D.　静岡英和学院大学　教授

パネルディスカッションの背景

畑

みなさま、ご来場、誠にありがとうございます。お時間がまいりましたので、始めたいと思います。本日の主催・コーディネーター・司会を務めます、静岡英和学院大学の畑恵里子でございます。よろしくお願いいたします。

ただいまより、科研費パネルディスカッション「海洋文化としての伝説・楽園・異界」を開催いたします。受付でお渡しした資料をご確認ください。レジュメとある資料、小山先生の資料、堀先生の資料、園山先生の資料、それからホッチキスで留めてあるアンケート一式、使い捨ての鉛筆等です。もし、レジュメがない、あるいは枚数が足りない場合は、すぐに受付のスタッフにお知らせください。

では、パネリストの先生方を、簡単ですが、ご登壇順にご紹介いたします。詳しくはレジュメと記載されている資料をご覧ください。

お一人目は、小山元孝先生です。福知山公立大学教授、ご専門は歴史学です。今回は、丹後にある特別な浦島太郎の資料をご説明くださいます。

続けて、シュミット堀佐知先生です。アメリカのダートマス大学の准教授、ご専門は日本文学等です。今回は、アメリカからリモートでのご参加となります。

最後に、園山千里先生です。ICU、つまり国際基督教大学准教授と、ポーランド国立ヤギェウォ（ヤギェロン）大学准教授を兼任していらっしゃいます。ご専門は日本古典文学等です。

そして、わたくし、畑の専門は日本古典文学でございます。

はじめに、この企画の背景について、お話ししたいと思います。

日本文学・日本文化では、伝説の舞台に、しばしば海や海岸が選ばれていることが、わたくしは以前から気になっていました。

たとえば、静岡県の清水には三保の松原がございます。天女伝説で全国的に有名で、富士山と太平洋を背景として、浜辺で若者に出会っています。浦島伝説では、みなさまご存じの、龍宮という素晴らしい海の異界があります。実は、全国に浦島伝説はあるのですけれども、最も古い資料のひとつである『日本書紀』（雄略天皇二二年秋七月条）や『丹後国風土記逸文』等では、現在の京都府北部が舞台となっています。つまり日本海です。沖縄には、海にニライカナイという理想郷があると言われています。海によって、いろいろな伝説がそれぞれに存在しています。

そこで、海ごとに切り分けて、人間ではない者が住まうと言われている異界が、一体どのように表現されているのか、それを比較して、海洋文化という視点から考察を深めてみる試みにしたいと考えました。

参加者のみなさまには、できましたら、後でアンケートにご協力いただき、現在の私たちがいだく伝説へのイメージを再確認する機会にしたいと思っています。

なお、このパネルディスカッションは、日本学術振興会から助成を受けています。そして、静岡市と、ポーランド共和国外務省機関であるポーランド広報文化センターから、ご後援をいただいています。この場を借りて心より感謝申し上げます。

また、記録のため、写真撮影や録音を行いますのでご了承ください。個人情報には加工処理等を行って、個人が特定されないよう配慮いたします。アンケートですが、後で詳細をご説明しますので、ご協力いただけるかたはぜひお願いいたします。なお、本日の発表やアンケート結果は、後に研究論文として発表される予定です。ご了承ください。

では、基調報告に移ります。小山先生、お願いいたします。

丹後の海と浦島のいま

Tango Sea and Urashima Today

福知山公立大学　教授
小山　元孝

小山　それではみなさん、おはようございます。よろしくお願いいいたします。福知山公立大学の小山と申します。今日は、「丹後の海と浦島のいま」と題してお話をしたいと思います。

私はこの三月まで、京都府の北部にあります京丹後市役所の職員で、地方公務員でした。そして、四月から福知山公立大学の教員となりました。京丹後市といっても、みなさんご存じない方が多いと思います。野球の好きな方でしたら、「ノムさん」こと野村克也さんの出身地です。それから、バスの好きな方でしたら、バスのテレビ番組で有名な太川陽介さんの出身地です。パチンコをする方にしてみれば、マルハンの発祥の地だと言えば分かるかと思います。今日は、特に京丹後市の海と浦島の話を中心にしていきたいと思っております。

京丹後市の概要

少しだけ京丹後市の紹介をさせてください。京都府の北部、日本海に面しておりまして、平成一六（二〇〇四）年に、峰山、大宮、網野、丹後、弥栄、久美浜の六つの町が合併してできました。合併当初はだいたい六万五千人という人口と言っていましたが、ついこの間、市のホームページを確認しましたところ、もう今は五万二千人です（令和四年、二〇二二年現在）。一万三千人ほど減っており、一つの町が消えるぐらいです。人口減少の最先端の町になってしまいました。

ここで浦島に詳しい方でしたら、ちょっと気づかれると思います。浦島の話って京丹後市なのと思われると思います。と言いますのも、この地図を見ていただいたら分かりますとおり、東側の伊根町、ここには浦嶋神社というのがありまして、『日本書紀』や『丹後国風土記逸文』でありますとか古代の史料では、伊根町があります与謝郡が舞台になっています。実は、この丹後半島の東西で浦島の話が残っているのですが、今日は、特に私の出身地でもある西側の京丹後市を舞台にした話を中心にしていきたいと思います。

私は昨日静岡に到着しまして、せっかくなので海が見たいなと、この上（会場の静岡英和学院大学・楓ホールの立地は、日本平の高台）から見ていたのですけれども、やはり、長い海岸線が本当に特徴的ですね。まずは、丹後の海の姿から、みなさんに紹介をしたいと思います。

丹後の海の姿

―泡にまみれた道路（京都府京丹後市丹後町）の写真投影―

これ雪じゃないですよ。雪が降っているのではないのです。見てください、道路の一部だけが白くなっています。これは何かと言いますと、海が荒れに荒れて、海水が泡のようになっています。その泡のようになった海水が吹き飛ばされて、空を舞って道路に落ちてくるという状態なのです。「波《なみ》の花《はな》」なんていう言い方もするのですけれども、日本海側ではちょくちょく見られるところがありまして、京丹後市の丹後町というところでよく見られます。大風が吹いて、海が荒れる時に急いで行って写真を撮ったのがこれです。

―砂にまみれた道路（京都府京丹後市網野町）の写真投影―

次の写真。これも海沿いで実は道路です。普段はアスファルトが見えているのですが、海岸の砂が風で飛ばされて、道路全部を埋めてしまうのです。私の住んでいるところは雪も降って、雪を除けるために重機が出ることもあるのですが、砂の害というのも結構ありまして、これを除けるためにブルドーザーが出ることがあります。これも京丹後の海の姿でもあります。

―鮮魚店店頭（京都府京丹後市網野町）の写真投影―

さて次に、少し楽しい話を紹介しようと思います。どうしても海の話は厳しい話になりがちです。これはカニ漁の解禁日の写真になります。京丹後市の魚屋さんの店先で、茹でたカニがそのまま直売されている状況です。

先ほど示した二枚の写真は、本当に厳しい自然環境の写真だったと思いますが、こうした恩恵の部分ですよね、厳しさと恩恵の両面があるのが丹後の海だと思っております。畑先生と、今回のパネルディスカッションの相談をする中で話題にもなったのですが、丹後の伝説というのも同じような印象があると思っています。浦島のように、海の彼方に龍宮があるというような話がある反面、例えば鬼退治で有名な大江山、あれも丹後ですけど、鬼の巣窟になっているのです。良い、悪い、もっと言えば吉凶、両面があると思います。それが共存しているというのが、丹後の特徴のような気がしております。

―広通寺薬師如来坐像（京都府京丹後市網野町）／福島神社（京都府京丹後市久美浜町）上山寺（京都府京丹後市丹後町）／竹野神社（京都府京丹後市丹後町）の写真投影―

こちらは四つの神社だったり、寺院だったりするのですけれども、実は、この四つの社寺は共通点があります。実はこれら全ての社寺は、隠岐島《おきのしま》と関係した伝説を持っています。丹後半島には、隠岐島との関連を持つ神社とか寺院というのはたくさんあります。古代でしたら、はるか沖合の向こうに常世の国、見たこともない理想郷があるというイメージがあるかとは思います。私はだんだんと、その距離感が縮まってきているのかなという気もしております。この隠岐島からやって来た仏像や、やってきた神の話はあるのですが、おおよそ中世以降かなと思っています。このように時代が下るにつれて、海の距離感にも変化が出てきて、伝説にも影響を及ぼしている。そんなような気もしております。

浦島のいま

さて、本題の浦島の話に移っていきたいと思います。京丹後市内では現在でも、浦島にちなむ「場所」であったり、「もの」であったり、結構残っています。

―釣溜（京都府京丹後市網野町）／福島（京都府京丹後市網野町）の写真投影―

これは「釣溜」と書いて、地元では「つんだめ」と呼んでいる場所です。

今、私は「浦島」という言い方をしているのですけれども、実は、地元の伝承からいくと、ちょっと正確ではありません。と言いますのも、古代の史料では「浦島子（うらしまこ、うらのしまこ、ほとうし）」と言い方をします。一般的には「浦島子」が、時代が下るにつれて「浦島太郎」に名前が変化していくと理解されているのですけれども、丹後ではどうなっているかというと、浦島太郎というのは浦島子の父親という位置づけになっていまして、浦島太郎と島子は別人の扱いになっております。ちょっと、そのあたりが混乱しやすいところもあるのですけれども、島子（浦島太郎の息子）の方が龍宮へ行ったという話になっています。この場所（釣溜）も、島子が釣りをしていた魚を放して、ためておいた場所、そう言った話が今でも残っています。

次に福島《ふくしま》という大きな岩の島があります。島子（浦島太郎の息子）の父親と母親は子どもがなく、ここ福島で祈りをささげて、ようやくできた子が島子だった。また乙姫と島子（浦島太郎の息子）が初めて会ったのはこの場所ですよとも言われております。

―浦島児宅伝承地（京都府京丹後市網野町）／浦島太郎出生地（京都府京丹後市網野町）の写真投影―

左側が島子の邸宅跡と呼ばれている場所、それから右側が浦島太郎の出生の地と呼ばれている場所です。右側の写真を見ていただいたら分かるとおり、今でも宅地であって、こういった場所が、割と日常生活の中になじんで残っているというのが京丹後市の特徴と思っています。

――水無月祭《みなづきさい》（京都府京丹後市網野町）の写真投影――

次に現在、丹後に住んでいるわれわれ住民と浦島との関わりについてお話をしたいと思います。これは、今年（令和四年、二〇二二年）の七月三〇日、ついこの間の写真です。先ほど見ていただきました釣溜とか、福島がありますす京丹後市網野町浅茂川の夏祭です。コロナの影響で三年ぶりの開催となりました。神輿の巡行は、例年より少し縮小したかたちで行われました。

この祭の見どころというのは、海の中に御旅所がありまして、神輿が海の中に入っていくところです。御旅所の周りを神輿が二回、回るのですけれども、それが特徴で非常に勇壮な祭礼です。

実は例年ですと、先ほどの御旅所を回った後、このような場面が登場します。沖合に乙姫が乗った船が到着しまして、そこに浦島を乗せた神輿が近づいていくわけです。そうして二人が出会い、その後乙姫が神輿に乗り移って、さらに二人を乗せた神輿が陸に上がっていく。こんな一幕が例年ならあったのですが、今年（令和四年、二〇二二年）はコロナの影響があり、その場面はありませんでした。と言いますのも、普段でしたら帰省してくれる方が手伝い、担ぎ手になってくれます。しかし、なかなか帰省ができなくて人数不足になり、そのためこの場面がなくなってしまったのです。

この一連のくだりを見ますと、「さすが地元ですね」、「丹後らしい祭ですね」と、思われるかもしれません。実はと言いますと、これは最近に始まったのです。平成に入ってから始まったと聞きました（平成年間一九八九年一月～二〇一九年四月）。何か祭をもう少し賑やかにしたいなということで、浦島のアイデアが出たと地元の方から聞きました。

―しわ榎（京都府京丹後市網野町）の写真投影―

もう一つ、今現在の話を紹介したいと思います。「しわ榎《えのき》」という木です。浦島の話は、最後に浦島が玉手箱を開けまして、皺だらけのお爺さんになってしまうというくだりがあります。みなさん、ご存じだと思います。その皺だらけなった顔の皺を引きちぎって、この榎に投げつけたと伝えられています。なので、この榎の幹を見てください。皺だらけになっていますでしょう。このような木が、実は京丹後市にあるのです。

ところが、今から一八年前、平成一六年（二〇〇四年）の台風二三号によって、大きく二つに折れてしまったんです。この台風を覚えておられる方もいらっしゃるかと思います。近くの由良川が氾濫しまして、バスが取り残されてしまいました。乗客の人がバスの屋根の上に乗って、助けを求めている姿の写真が、新聞の一面を飾ったことがあったと思います。その時の台風だったのです。この時、しわ榎も真っ二つに折れてしまいまして、このように京丹後市の広報紙に早速、取り上げられています。

では、その後どうなったかといいますと、大きく折れたのですれども、片方はまだ生きていましたので、そこから種を採って二世を育てようではないかということになりました。地元の郷土史の団体の方や小学生たちが頑張りまして、二世を育てるという話になったのです。

種から苗木を育てまして、四〇センチくらい、そのくらいになった頃に、元のしわ榎のあった場所に植樹をして、そのことが市の広報紙に紹介されました（「名木「しわ榎」の保存を検討」（『広報きょうたんご』平成一六年一一月）、「浦島太郎伝説ゆかりの名木―「しわ榎（えのき）の二世を育成」―」（『広報きょうたんご』平成一八年六月）、「元気に育って―浦島太郎ゆかりの「しわ榎」二世を植樹　網野南小学校・網野町郷土文化保存会―」（『広報きょうたんご』平成一九年五月））。先ほど見ていただきました「しわ榎」の写真というのは、この植樹された二世が育って少し大きくなった時の写真です。残念ながら、一世のしわ榎は枯れてしまって、現在は残っていません。

そしてこのように二世のことも含めて、看板が設置されることになりました。

ちなみに、折れた一世のほうは、市の資料館に標本のようにして展示されています（京丹後市立郷土資料館、京丹後市立丹後古代の里資料館）。見ていただくと、皺があるのがよく分かると思います。

私は地元の人間ですけれども、浦島の話というのは、実は普段あまり気にしていないのですよね。他の地域の方から聞かれたら、「ああ、そうですよ」、「ありますね」、というぐらいです。普段、割と静かに存在しているというのが実感です。ただ、今のように台風で木が折れたりとか、祭の話になったりとか、何か事があると、むくむくと登場してくるのです。

日常生活の中で見ている伝説と、祭や災害という非日常のところで出てくる伝説とで、ちょっと見えている姿が違うのかなと思います。

逆に静岡の方にお聞きしたいのが、では、「羽衣」であったり、「かぐや姫」であったり、普段、どれぐらい意識をされているのでしょうか。「あまり意識していないですよ」という言い方をされる方が多分いらっしゃると思いますし、「いつも心にありますよ」と思っている方もいらっしゃると思います。それからもう一つ、最初に話した海の距離感の話です。海上交通が発達するによって、どんどん海の距離が近くなってくる。人の動きというのが、どんどん近くなるのですけど、それが伝説にどのように影響していったのでしょ

畑　うか。また、今回の一番大きなテーマであります楽園であったり、異界といったりする想像の世界に、どのような影響を与えたのでしょうか。こうしたことも考えていかなければならないと思いますし、今日、こういう話が、また盛り上がるのかなと期待しているところであります。

私の話は、ちょうど時間になりましたので、これで終わりにしたいと思います。ご清聴ありがとうございます。

（基調報告　一　終了）

畑　小山先生、たいへんおもしろいお話をありがとうございました。次に、堀先生にお願いしたいと思います。堀先生、聞こえますでしょうか。

堀　聞こえますか。

畑　大丈夫です。聞こえます。

三　基調報告　二

海の女性がもたらす力―記紀神話と『源氏物語』における皇族と海族の結婚

Power of the Sea Goddesses: How the Mytho-histories of Japan and the Tale of Genji Represent the Intermarriages of the Royal Men and the Women of the Undersea Kingdom

ダートマス大学（米国）准教授
シュミット　堀　佐知

はじめに

堀　みなさん、初めまして。アメリカのニューハンプシャー州にありますダートマス大学のシュミット堀佐知と申します。本日は、静岡英和学院大学の畑恵里子先生のお招きで、みなさまの前にてお話をさせていただけることになり、たいへん嬉しく思います。

今回のパネルディスカッションのテーマは「海洋文化」ですが、静岡・海・アメリカといえば、一九世紀半ば、黒船来航という歴史的事件があります。私の母は黒船で有名な静岡県下田市出身で、私も毎年、お盆にはお墓参りに来ております。写真をお見せいたします。コロナ前の二〇〇八年です。これは息子と、これが黒船遊覧船のサスケハナ号の外側と中です。水族館と白浜海岸、そして、これがかき氷の大きさに驚いている息子です。

このように、日本に住む人々にとって海は身近な存在ですが、実は、世界の大半の人々は、海から非常に離れた土地に住んでおり、海を一度も見ずに一生を終える人々も、世の中にはたくさんいます。当然、四方を海に囲まれているという周りの地理条件は、この国の食文化、気候、自然、そして海外からの文化を受容する過程などに多大な影響を及ぼしてきました。また、海洋文化の影響は、文学の領域にも見受けられます。本日の発表では、「貴種流離譚」として広く知られる、神話のモチーフにおける「異界としての海」と、「海の女性の役割」についてお話しさせていただきます。

貴種流離譚とは

比較神話学やナラトロジーの研究によりますと、世界のさまざまな地域には、「ヒーローズ・ジャーニー」とか、「モノミス」と言われる構造を持つ神話や伝承がたくさん存在するそうです。これは、折口信夫が名付けた「貴種流離譚」という、日本の神話や説話に頻出する話型とも共通しています。

「貴種流離譚」の概要は以下のようなものです。さまざまな理由で故郷を追われた主人公、大抵は男性で兄弟の末っ子です。ですが、異界を旅しつつ、試練を乗り越えることで成長します。そして、故郷に戻り、以前のライバルを陵駕し、その地の王として君臨します。また、主人公は、異界の援助者から知恵や宝物を授かることが多く、典型的なのは、異界をつかさどる支配者の娘と結婚し、その女性や女性の父親の援助を受ける、というパターンです。

日本の「貴種流離譚」の舞台として、海が頻繁に選ばれるのは、理由があると思います。西洋の「ヒーローズ・ジャーニー」では、主人公が試練に打ち勝ったのち、その報酬として美女や女神と結婚することが多いですが、日本の場合は、妻となった女性の協力のおかげで、困難を乗り越えることが多いです。この点を考慮すると、主人公が流離する異郷がどのような場所で、そこでどのような女性と出会うのかという問題が、西洋の場合よりさらに重要になってきます。

異界としての海

『古事記』、『日本書紀』、この二つを併せて「記紀神話」と言います。ここはさまざまな世界が描かれています。その中で、典型的な貴種流離譚の舞台となっている場所が三つあります。「根の国」と呼ばれる地下世界、山奥、そして海底です。では、現実に存在する山奥と海底について考えてみましょう。山も海も、日本人にとって身近な場所でありますが、その二つの空間へのアクセスは同じではありません。海の場合、浅瀬で泳いだり、水面に浮かんだりすることはできても、山と違って奥の奥まで入っていくのは難しいです。酸素タンクや潜水艦を持たない古代人なら、なおさらです。つまり、人間にとって海の底は、地下世界よりは日常的であり、山奥よりは非日常的という、親近感と神秘性の両面を備えた異界であると言えます。

「貴種流離譚」と海の親和性が高い理由として、もう一つ考えられるのは、視覚的な印象です。鬱蒼とした山奥はたいてい薄暗く、視覚的に単調な印象をもたらすのに対し、私たちが思い描く海底世界は、青や緑を基調とした背景にカラフルな海藻、珊瑚、生き物が組み合わさり、絵になる空間です。物語であれば、ファンタジックな展開を促す場であり、記紀神話の神さまや浦島伝説の主人公が時を忘れて新婚生活を送るのが海底の宮殿であるのも納得がいきます。逆に、主人公が三年間も山奥に住んでいたら、ちょっと軟禁生活のようです。ちなみに、大国主として知られる神さまは、根の国でスサノオの娘・スセリビメと結婚し、地上に残って国造りの神になります。この話は貴種流離譚のパターンと合致しますが、大国主は、妻と宝物を手に入れると、すぐに根の国を脱出します。根の国という地下世界は、山奥以上にロマンスには不向きな場所であるといえます。

山幸彦伝説

それでは、海にまつわる「貴種流離譚」である、記紀神話の山幸彦伝説を簡単に説明します。

兄・海幸彦と、弟・山幸彦は、ある日互いの道具である釣り針と弓矢を交換します。しかし、どちらもまったく獲物を捕ることができなかったため、海幸彦が弟に弓矢を返し、釣り針の返還を求めたところ、山幸彦は兄の釣り針をなくしてしまっていました。兄は怒って弟を責め、代わりの釣り針も拒否します。山幸彦が悲嘆に暮れて海辺を彷徨っていると、塩土というわたつみ、海の神様の使いが現れ、山幸彦の話を聞くと、海神の宮殿に連れて行ってくれました。

山幸彦は海底の宮殿で海神の長女・豊玉姫と結婚し、幸せな三年間を過ごします。そして、海神の助けにより、なくした釣り針を取り戻し、兄・海幸彦を服従させます。その後、身重の豊玉姫が出産のために地上にやってきます。豊玉姫は夫に「赤ちゃんを産む前に、本来の姿に戻るから、産屋の中は見ないでね」と念を押しますが、物語の文法通り、「見るなの禁忌」は破られます。産屋の中には、龍・ワニ・ワニザメのいずれかの姿に戻った妻がいました。真の姿を見られた豊玉姫は、それを恥じて、皇子と夫を残して海に帰ってしまいます。ウガヤフキアエズと名付けられた赤ん坊を育てたのは豊玉姫の妹・玉依姫で、ウガヤフキアエズは、長じて叔母であり養母である玉依姫をめとり、四人の皇子をもうけます。その末っ子が、のちの神武天皇、つまり初めて人間として天子になったとされる伝説上の人物です。

『源氏物語』

次に、『源氏物語』の中で、貴種流離譚の構造を持つ光源氏の須磨・明石での流離生活について説明します。現代人にとって、京都から神戸の少し先までの移動は、何でもないことですが、道なき道を、牛車などで移動する平安京の貴族たちにとっては、須磨・明石は僻地でした。特に明石は、朝廷の管轄外である、まさに異郷だったのです。源氏の流謫のきっかけは、表向きは、兄・朱雀帝が心を寄せていた朧月夜という女性との情事が発覚したことです。でも、真の理由は、おそらく、自分と継母・藤壷の間に生まれた不義の子が東宮に立ったため、源氏が皇位継承を乱した罪による天罰を恐れたことです。

源氏の流謫と山幸彦伝説との類似性は、室町時代の『花鳥余情』という注釈書でも既に指摘されており、これまでに膨大な数の先行研究があります。その中でも石川徹氏の論文は記念碑的なものです。石川氏の考察により、二作品の登場人物を対応させると、このようになります。

山幸彦伝説	源氏物語
山幸彦（ホオリ）	光源氏
海幸彦（ホデリ）	朱雀帝
釣り針	朧月夜
海神の宮（竜宮）	明石の浦
海神	明石入道

豊玉姫　　　　　明石の君
玉依姫　　　　　紫の上
ウガヤフキアエズ　　明石の姫君（明石中宮）
イワレヒコ（神武天皇）　皇子

この中で、「海の女性」と呼ばれるのが豊玉姫・玉依姫と明石の君です。明石の君は、源氏が流離先の明石で妻にした女性で、多くの研究者が、この人物と豊玉姫の比較考察を行っています。明石の君は、身重の体になりますが、源氏は子どもの誕生を待たずに、都に戻ってしまいます。誕生したのが女の子であったため、源氏は、将来のお妃候補として入内させるために必要な教育を与えようと、娘を都に呼び寄せ、妻の紫の上にその養育を任せます。

玉依姫と紫の上について

石川徹氏の分析は、『源氏物語』の神話性を考えるために重要な材料を提供し、反論・修正論を含め、多くの反響を呼びました。ただ、この一連の「明石一族物語」と「山幸彦神話」の比較検討の中で、玉依姫と紫の上の研究はほとんどなく、管見では、二人が養母である点を指摘するにとどまっています。でも、二人のつながりは、単に育ての母というだけではありません。残りの時間は、私自身の擬制家族の研究を通して気付いた、玉依姫と山幸彦の関係性として、玉依姫と紫の上の相似性と対称性について簡単に述べさせていただきます。

まず、山幸彦と海神の娘たちの関係ですが、これは古代日本で行われていた、ソロレート婚を表しています。ソロレート婚というのは、一人の男性が姉妹の両方と結婚する慣習です。つまり、記紀神話の中で、山幸彦と言わば離婚をして実家に帰った豊玉姫は妹の玉依姫を、息子の養母としてだけでなく、夫の新しい妻として、地上に送ったのだと考えられます。これは、記紀神話と『源氏物語』の比較研究において、これまでほとんど考慮されてこなかった視点です。この二つの貴種流離譚において、玉依姫と紫の上は単なる「育ての母」という肩書以上の存在です。この二つの物語は、夫の子どもを産んでいない妻が、別の妻が産んだ子どもを育て、さらにその子どもが長じて産んだ子どもが帝王になる、という特別な女性の役割を描いています。

しかしながら、この二人の女性が表象する、セクシュアリティは非常に対象的です。紫の上が少女時代、年齢に不相応なほど純粋無垢であったことと、源氏の最愛の妻となってからも、一度も身ごもらなかったという事実は、彼女の聖性を象徴するものです。また紫の上の六条院の春の御殿が極楽浄土に例えられているように、この人物には菩薩のイメージが付与されています。しかしながら、玉依姫は、「玉、つまり霊」の「よりまし」という名が表す通り、巫女的な女性です。一生をたった一人の男性にささげた紫の上とは対象的に、玉依姫は姉に代わって山幸彦の妻になり、その後、継子であるウガヤフキアエズの妻へと柔軟にスライドする女性、つまり妻として神に仕える巫女的女性、を象徴しています。このような、流動的な性的役割と婚姻タブーの希薄さは、前近代日本の「擬制家族」を考える上で重要なポイントですが、今日の発表は、ここまでにさせていただきます。ご清聴ありがとうございました。

（基調報告　二　終了）

堀　堀先生、たいへんありがとうございました。堀先生、わたくしの声が聞こえますでしょうか。

畑　はい、聞こえます。すみません。今まで、全然聞こえていなかったので。

畑　本当ですか。すみません。ちょっと音響調整の関係で。

堀　今は聞こえます。でも、小山先生の発表は聞こえませんでした。

畑　再調整したので、たぶん、園山先生の発表からは聞こえると思います。

堀　ありがたいです。

畑　ひとまず、この会場の中では、みなさん聞こえましたよね、堀先生の声。（多くの参加者、頷く）みんな、すごく頷いていています。よかったです。それでは、引き続いて、園山先生のご発表に移りたいと思います。園山先生、お願いいたします。

四　基調報告　三

ポーランドの琥珀
Amber in Poland

国際基督教大学　准教授
ポーランド国立ヤギェウォ（ヤギェロン）大学　准教授
園山　千里

園山　園山千里と申します。よろしくお願いします。声は聞こえていますか。大丈夫ですか。堀先生も大丈夫ですか。「ポーランドの琥珀」というタイトルでお話ししていきます。私は長らくポーランド・クラフクにあるヤギェウォ大学で、日本の古典文学を担当しています。昨年（二〇二一年）九月から、東京の国際基督教大学の教員もしておりますが、現在でもヤギェウォ大学の授業をオンラインで行っています。留学を含めるとポーランドとの縁は随分と長いものになります。そのような経験もあり、今日は海洋文化の繋がりから「ポーランドの琥珀」についてお話しします。

Jurassic Park
ジェラシックパークの琥珀（こはく・Amber）から

まず琥珀についてみなさんはどれほどご存じでしょうか。あまりイメージを思い浮かべることができない、というかたもいると思います。今年（二〇二二年）、『ジェラシック・ワールド／新たなる支配者』が公開されました。初回の作品である一九九三年の『ジェラシック・パーク』には、琥珀に閉じ込められた蚊のＤＮＡから恐竜を復活させるという場面があります。恐竜が生きていた時代、恐竜の血を吸った蚊が樹液の中に閉じ込められ化石となって現存するという展開です。

—琥珀の定義—

そもそも琥珀とはどういうものなのでしょうか。辞書には以下のようにあります。「植物の樹脂が化石となったもの。黄褐色ないし黄色で樹脂光沢があり、透明ないし半透明。保存状態の良い昆虫化石が含まれることもある。炭層に伴って産出する。良質のものは飾り石となる。くはく。赤玉」とあります。

—バルト海沿岸の琥珀—

ポーランドが海に面しているのは国土の北側で、バルト海といわれます。このバルト海沿岸では良質の琥珀が採れることで有名です。海から流れてくる琥珀はどこから来たのでしょうか。今から三千万年前の太古の昔、海ではなく大森林であった場所で、樹木が倒壊し、植物の樹脂に虫や植物が混入して地層に埋もれました。その後、かつての森は海底深く沈み、樹脂も琥珀となって地層の奥深くに沈みました。その後、長い年月を経て地球に氷河期が訪れます。気候が変化して、地中に埋まった琥珀が海底から汲み出され、海水に流れ出て、沿岸で琥珀が採取できるようになります。バルト海は北ヨーロッパに位置する地中海で、そのバルト海に面したポーランドの北部にグダンスクという街があります。グダンスクは琥珀の町で、お土産に良質な琥珀を購入できることでも有名です。私もいくつか持っています。ちょうど今年（二〇二二年）の八月にバルト海の「琥珀展」というのが大阪で開催され、その時のパンフレットをみてもいろいろな細工をした琥珀の飾りをみることができます。琥珀ではグダンスク地方が有名ですが、クルピェ地方というバルト海から数百キロ離れたところでも、琥珀の首飾りが伝統工芸でみられます。

―ポーランドの琥珀に関する話『バルト海の女王』―

今回、注目したいのが琥珀に関する話です。琥珀に関する話はポーランドにもいくつかありますが、その中で有名なものを一つ挙げます。『バルト海の女王』は、海底に宮殿を持つ女王ユラタの話です。ある日、ユラタは女神たちを集めて宴会を催し、魚を大量に取っている漁師のカスティリスをおびき寄せ、殺害することを計画します。琥珀の小舟に乗り込んだ女神たちは、歌声で漁師を呼び寄せます。カスティリスは誘惑に負け、女神たちのほうに近づいてきますが、それは彼の死を意味します。しかし、最初に殺害を計画していた女王は、人間であるカスティリスのことが好きになってしまい、自分のものとなるのなら罪を許すと提案します。同意したカスティリスは毎晩女王と逢うことになりますが、それを知った天ペルクンは怒り稲妻を落とし、女王を殺し、宮殿を粉々にします。バルト海には琥珀の破片が岸辺に打ち上がりますが、それは女王ユラタの宮殿のかけらである、と結ばれます。美声で男性を誘惑する人魚伝説とも似ていると思いませんか。

『バルト海の女王』では、人間である漁師を好きになってしまった女王ユラタの死と琥珀でできた宮殿の崩壊は、同時に起こります。すべてが一瞬でなくなってしまった悲哀は、宮殿を思い起こす琥珀に投影されます。この話を知っている人は、実際にバルト海沿岸で琥珀を見つけると、女王ユラタの悲劇を思うことになるのです。この話はバルト海の琥珀伝説といってもいいでしょう。伝説は地域や地方に根差したものが多く、人物やモノ、つまり街の成り立ち、河川の名前、具体的な事物や場所と結びつきます。この場合は琥珀とバルト海という関連がみられる伝説です。

琥珀が登場する小説

―辻村深月『琥珀の夏』より―

琥珀はどのようにほかの文学ではみられるでしょうか。最近出版されたので読んでいるかたもいるかもしれません。辻村深月の『琥珀の夏』をあげます。タイトルに「琥珀」と「夏」とあり、その意味は次の一文でわかります。

時を止めて、思い出を結晶化していたのと同じことだ。琥珀に封じ込められた、昆虫の化石のように。時が流れ続けていることを、理解しているつもりでいて、本当はまるでわかっていなかった。

（辻村深月『琥珀の夏』文藝春秋、二〇二一年）

小説の内容については話しませんが、ここでいわれる琥珀は止められた時間を表すもので、閉じ込められた夏の思い出を意味します。最初に話しましたように太古の昔の森の木々の樹脂が固まったのが琥珀です。虫などを一瞬で閉じ込めて形を維持したまま残り続けることが、かつての思い出が何らかの要因によって封じ込められ、静かに時を待つことを意味しています。

―大庭みな子「炎える琥珀」より―

ほかにも琥珀がタイトルになっている作品はいくつもありますが（内田百閒『琥珀』（一九三三年）、塚本邦雄『琥珀貴公子』（一九七五年）、甲賀三郎『琥珀のパイプ』（一九八四年）、大庭みな子『炎える琥珀』（一九九六年）など。）、その中で封じ込めることに焦点が当てられているのは大庭みな子の『炎える琥珀』です。「炎える」とあるように、実際に琥珀は燃えます。植物ですから燃えるのは当然かもしれませんが、見た目が石のようなことから最初に燃やした人は驚いたことでしょう。琥珀は燃やすと芳香を発するそうです。『炎える琥珀』は大庭みな子と水田宗子との往復詩です。手紙の交換のように詩を二年間往復してできた詩集で、その表現形式も興味深いのですが、ポーランドに関する話題がキーワードになって詩を織りなすことでも、私が着目している作品です。琥珀絡みではソフィの宝物である「赤いアンバーの首飾り」がみられます。アンバー、つまり琥珀が登場する部分を、途中からですがあげてみます。

桜の木の根元には
屍体ではなく琥珀が埋まっている

その琥珀を　わたしは今日も
指で掘る
埋葬された樹の雫
したたり落ちた金色の蜜の玉
琥珀の中に閉じ込められた翅虫は
蛾か蝶か蟻かかげろうか

琥珀の玉の中
曲りくねった細い穴の中を
ぞろぞろと行く虫の行列を
わたしはみつめる
琥珀の玉に火をつけて燃やす
あかあかと炎える琥珀の中に
太古の翅虫の白骨は砕けて散る
白金の灰になる

（『大場みな子全集』第一七巻（日本経済新聞出版社、二〇一〇年）
初出　大庭みな子・水田宗子『燃える琥珀』一九九六年）

現実的には、桜の木の根元に琥珀が埋まっているということはないでしょう。梶井基次郎の短編小説『櫻の樹の下には』を思い起こす文章です。桜が美しいことに不安を抱いた主人公が、桜はさまざまな死体の養分を吸っているのでは、と想像する話との関連がみられます。大庭みな子の詩の場合、「埋葬された樹の雫」という表現があるのに気づきます。雫の中に閉じ込められた虫の行列をみながら琥珀の玉を燃やすと、虫の白い骨が砕けて「白金の灰」となります。そのあと、「白金の雪」のシーンがあり、「白金の女体の雪原」となります。閉じ込められたのは美しい女性のような展開です。長らく埋もれていた琥珀が燃やされることで再生されて、そこに女性を彷彿とさせる場面が浮き上がります。

―ギリシャ神話　オウィディウス『変身物語』巻二から　パエトンの姉妹「太陽の娘たち（ヘリアデス）」―

だいぶ時代が遡りますが、女性という観点からオウィディウスの『変身物語』をみていきましょう。登場人物の名前と行動をスライドに載せてあります。パエトンは父太陽神の忠告を聞かずに馬車を走らせます。しかし四頭の馬たちは暴走して進路をそれ、未知の空間を走り抜けます。町も森も山も燃えあがり、大地が四方八方で燃えていき、全世界が燃え万物が滅び去ることを確認した全能の父ユピテルは雷鳴を起こします。それによって馬車から落ちたパエトンは、同時に命も失います。母クリュメネは悲嘆のあまり半狂乱となり、息子の死骸を探し、異国の河辺に埋められた白骨をみつめ、墓石を涙で濡らしながら抱き締めます。パエトンの姉妹たちも同じように悲しみ、涙に暮れます。このような哀れな嘆きを続けているうちに急に足が動かなくなります。なんと姉妹は木の幹になってしまうのです。最後に口だけが残って、娘たちの体を幹から引き離そうとすると、血の雫が落ちます。姉妹は母に、次のように叫びます。

「やめてちょうだい！　お願いだから、お母さん！」傷つけられた娘は、こう叫ぶ。「やめてちょうだい、お願いだから！あなたが裂いている木は、わたしたちのからだなのだもの。ああ、これがお別れ！」。―樹皮が、この最後の言葉をふさいでしまった。そして、そこから、涙が流れ落ちる。できたばかりの枝からしたたるこの樹脂は、日光で凝固して、琥珀となり、澄んだ流れの河がこれらを受けとって、ローマへ運び、妙齢の婦人たちの身につけられることとなった。

（オウィディウス原作、中村善也訳『変身物語』岩波文庫、一九八一年初出、二〇二〇年）

傍線を引いたように、姉妹の涙は琥珀となった、とあります。『変身物語』では女性たちの涙であることが明確に描かれます。最初に紹介した「バルト海の女王」では琥珀は女王の宮殿のかけらとして伝わっています。そこには女神たちの無念や嘆きが込められているのでしょう。大庭みな子の詩もそうですが、琥珀に女性性をみるのは共通しています。それはオウィディウスの『変身物語』でみたように古代から伝わる神話や伝説の流れとして捉えてよいのではないでしょうか。

―**Tajemnice bursztynu『秘密の琥珀』Barbara Kosmowska-Ceranowicz** 著（**一九八九年**）―

ポーランドに伝わる古い話に『茅葺屋根の下の琥珀』という短い文があります。「茅葺屋根」は普通の人が住む家ということから一般の人の琥珀という意味になります。私訳したものを読みます。

琥珀はどこからきたのだろうか？主なる神が罪深い人々に洪水をもたらしたとき、古い書物にあるように、四〇日間の豪雨が降り続き、人々は惨めな虫けらのように滅びました。人々は不幸を嘆き、その涙は膨らんだ豆のように、その洪水の中にしたたり落ちていきました。そして、こうなったのです。―罪のない人たちや幼い子どもたち、そしてほかの不幸な人たちの涙からは純粋で透き通った涙のような琥珀ができました。キリスト教（十字架、十字架像、磔となったキリスト像）、薬、少女のためのネックレス、そのほかにも美しく心地のよいものとして。

（園山千里訳　Bursztyn spod strzechy）

この後、罪人や罪を悔い改める人の涙は、パイプ、かぎたばこやスティックに適した黒っぽくて、霧がかった、つまり曇ったような琥珀になるという文に続きます。ここでは性差はみられませんが、生き方によって琥珀の色合いが変わってくるという発想がみられます。その人間模様を投影するのは人々の涙を閉じ込めた琥珀でした。

海を舞台とする神話・伝説からみえてくる琥珀の表象

神話や伝説をみると、洪水や大地が炎上するディストピアのような世界の中で、人々の悲しみの涙が琥珀という自然物に成り代わる、という書き方がしてあります。「バルト海の女王」では人間を愛するようになったユラタへの罪として天の怒りが落ち、琥珀しか残りません。自然に戻されるという展開です。琥珀そのものは、一瞬で生き物を閉じ込めてひっそりと長い間大地に埋もれ、自然の一部となります。しかし、そのような性格ゆえ、埋もれているけれど生き返る、悲しみなどを抱えながら静かに時が来るのを待っている、というイメージが後世にはできあがったのではないでしょうか。大庭みな子の『炎える琥珀』では生き返るかのような表現がされていました。琥珀はその性質や見た目の美しさから物語を生み出すことになります。

かつては自然回帰をうながされた琥珀が、現代になると琥珀に閉じ込められた物や人たちが再生や復活するかもしれないという物語になっていくのです。大まかな考察ですが、海洋文化を舞台とする神話・伝説から琥珀の表象をみてきました。

ご清聴ありがとうございました。

（基調報告　三　終了）

畑　園山先生、たいへんありがとうございました。それでは、ただいまから一一時三〇分まで休憩時間にしたいと思います。五分程度お時間がありますので、その間、ちょっとですが、ごゆっくりなさってください。一一時三〇分から再開いたしますので、同じお席にお戻りください。では、休憩といたします。

【休憩】

五　フロアからの質疑応答

畑　それでは再開のお時間になりましたけど、ちょっと確認いたしますね。堀先生、リモートでのご参加ですが、こちらの音声は聞こえますでしょうか。

堀　はい、聞こえます。

畑　よかったです。ちなみに堀先生、今、そちら（アメリカ東海岸）は何時ぐらいですか。

堀　一〇時半です、夜の。

畑　みなさん、夜の一〇時半に、時差のある中でお話ししてくださっています。とても貴重な機会ですので、いろいろとこの後、お話を先生方にお伺いしていきたいと思っています。

パネリストの先生方がお三方いらっしゃいますが、まず、来場の参加者のみなさまのなかで、ご質問があるかたがいらっしゃいましたら、ぜひ、この場で発言していただけたらと思います。どんなことでもかまいません。こんなことを聞いちゃったらまずいかなとかいうのは全くございませんので、挙手していただけたらと思います。スタッフがマイクを持って行きますので、受け取ってお話しください。

丹後の海の波の花

質問者一　最初の小山先生、京丹後市の写真がいくつかありました中で、道路の白いものがありましたけれど。

小山　はい、ありましたね。

質問者一　あれは波が非常に激しくて、それで波をかぶってということでしょうか。白く見えているのは、いわゆる波の花みたいな、そういうものが散らばっているということですか。

小山　はい、あれは波の花ですね。

質問者一　そうですか。ちょっとよく分からなかったので。

小山　波がもまれにもまれて泡状になって、それが風に飛ばされています。

質問者一　ありがとうございました。

畑　白い波のしぶきというよりも、泡になって、地面一帯に散らばっていますよね。何かこう、日本海とこの辺りの太平洋の海の様子と、まるっきり違いますね。わたくしもあのお写真を見た時には、改めて違いに驚きましたけれども。そう申しますのは、静岡のおだやかな太平洋の海しか知らない人間にとっては、かなりインパクトのある映像になるからです。他のみなさまも、ああいうのを見たことないですよね、あまりね。

（会場の多くの参加者、頷くリアクションあり）

他に、どなたかいらっしゃいますでしょうか。挙手でお知らせください。

浦嶋神社の絵解き

質問者二　浦島太郎のお話をした先生への質問ですけれども。浦嶋神社で絵解き説法というのをやっていたのですけど、あの説法は昔からなんですか。それとも今の宮司さんのオリジナルなんですか。

小山　それこそ今の宮司さまは非常に上手で、有名になっておられます。そもそもあの絵巻、今日はちょっと資料に出していないですけど、掛軸であったり、絵巻になったりしたものとありまして。二種類あるんですけれどもね。もともとは、まさに今の宮司さんがやっておられるように、絵解きをするためにつくったものだと思います。ちょっと記録には残っていないですけども、恐らく色々なところでやっておられただろうなという想像はしております。

畑　丹後地域へのご質問が続けて出ていますけれども、今のご質問にあった浦島の絵というものを知らないかたも多いかと思いますので、ちょっと補足してご説明します。ご専門の小山先生がいらっしゃる前で、わたくしがあまり申し上げるのも何ですから、少しだけにいたしますけど。

丹後半島にある浦嶋神社には、浦島太郎の絵巻があるんですね。それが、みなさまの知っていらっしゃるような、普通の、横長の絵巻ではないんです。ふすまとか屏風みたいな、ああいった大きな一枚物になっていて、それで絵解きが口頭で行われているんです。あれには、詞書、つまり説明文みたいなものがない。絵だけですよね、小山先生。

小山　絵だけです。

畑　そのため、浦島さんのお話が、まるで絵本みたいに、絵だけで解釈していけるというような、そういったものが、浦島ゆかりの日本海の浦嶋神社に、今でも納められています。わたくしも当地で拝見したことがあるのですが、これは年代物ですよね。ここから先、小山先生、ご説明をお願いいたします。

小山　ちなみに、あれの台本っぽいものが残っているようでして。今、宮司さまがしゃべっておられるのは、わりとそれに基づいてしゃべっておられます。中世とか、当時にしゃべっておられるのと近いことを言っておられるのかなというのを、実際に私も聞いていて思いました。ぜひとも丹後に行かれましたら、宮司さまの手が空いている時にお話をしていただけますので浦嶋神社へ寄っていただければと思います。

畑　ありがとうございます。他にどなたかいらっしゃいますか。

日本の琥珀に関する伝説の稀薄性

質問者三　貴重なお話をありがとうございました。「ポーランドの琥珀」というタイトルでお話しくださいました園山先生、ありがとうございます。

先ほど『ジェラシック・パーク』の琥珀を紹介していただいて。私は、東北の震災の後に東北に行ったことがあります。以前の朝ドラの舞台にもなった岩手県久慈市の辺りですね。あそこもすごく琥珀が採れるのですけれども。今日はポーランドでしたけれど、日本の琥珀の伝説みたいなものは、あの辺にはないのでしょうか。

園山　今日出しました資料の辞書の説明のところに、日本では久慈が有名と、それしか私は挙げていないのですけれども、今、調べている段階です。私は、まず琥珀と思い浮かべた時に、日本のことは一切思い浮かばずに、まずヨーロッパの方の琥珀が思い浮かびまして。そして、バルト海に注目して、今回、調べたということがありました。

日本に琥珀の伝説というのが、少ししか、たぶんないと思うのですね、今まで調べた中でもあまり出てこなかったので。しかし、今後、ヨーロッパの琥珀の伝説と比較検討というのができたら面白いかなとは思います。けれども、比較するほどあるかなということは考えています。

やはり、少しヨーロッパのものと日本のものは違うかな、という感覚があります。まだあまり、ちゃんとは調べていない段階ではあるということです。でも、ご指摘くださったように、日本ではどうなのかという指摘は、非常に重要なものだということは理解しております。

質問者三　ありがとうございました。

畑　わたくしもやっぱり気になるんですよね、日本の琥珀のイメージはどうなのか。今回はこういう形で、ポーランドとかバルト海周辺、神話などの幅広いお話を園山先生がしてくださったのですけど。ならば、日本はどうなのかと。そういったことが気になるかたは、他にもたぶんいらっしゃるでしょうから、みなさまが感じていることを、今のご質問で代弁していただいたかと思っています。

話型《タイプ》の再生産

質問者四　堀先生、貴重なお話をありがとうございました。海幸山幸伝説で、そもそものあらすじで、ちょっと分からないところがあるんですけど。山幸彦が本来の姿、真の姿を見てしまうことが問題だったと書いてあるのですけど、真の姿を見られることで、何が問題なんですか。

堀　「見るなの禁忌」というパターンがあります。まず、「見るな」と言われたら見てしまうという、もう話型ができているんですね。だから、見てはいけない理由というのは、ちょっと後付けっぽいところがあります。タブーは破られるから、ある。そして、破られるから、混沌が起きる。でも、また秩序が戻るという、何かサイクルのようなものがあるんです。

有名なのはイザナギ・イザナミの「見るなの禁忌」で、イザナミが死んで、イザナギが黄泉の国へ行った後に追いかけていって、妻を元の世界に連れ戻そうとします。でもその時に、まだ見ないで下さいと言われたのに、イザナギが灯をともして、妻の朽ちかけた姿を見てしまって、イザナミがイザナギを追いかけるという部分があるのですけれども。そういう過程を経て、アマテラス・ツクヨミ・スサノオという三貴子が生まれるという。いったん、混沌を引き起こすためのタブーのバイオレーションというパターンがあるんです。

山幸彦がどうして豊玉姫の真の姿を見てはいけないのか、というのは、お話上は、見られたことを恥じて、と書いてありますけれども、それが目的というよりは、話型がもともとあるということを念頭に置いていただければよいかなとは思います。

質問者四　記紀神話の海幸山幸伝説には、全部で六つ異伝があるのですけれども、それぞれちょっと違っていて、豊玉姫がワニだったり、タツ（龍）だったり、ワニザメだったり、それも統一されていなかったりとか。そういうことを考えながら読むと、とてもおもしろいと思います。

つまりは、構成というか流れがあって、そこにあらすじがあるだけなんですね。最初、混沌とおっしゃってしましたけれども、何かがあって、混沌があって、また何かがあってという流れが先にあって、そこにストーリーが付け足されているということですか。

堀　そうですね。まあ、サイクルですよね。秩序と混沌のサイクルがあって。もちろん、記紀神話のようなお話は、全く日本のオリジナルでなくて、同じようなお話が世界中にあります。

質問者四　では、そのサイクルこそが重要ということなんですね。

堀　そうです。

質問者四　分かりました。ありがとうございます。

堀　ありがとうございます。

畑　今のご質問もご発表もそうですけど、軸は、話型論ですよね。

堀先生、率直に申し上げますけど、今、なぜ話型論でしょうか。日本の学会では、話型論はかなり下火です。ある意味、分かりきっていて、もう話型なんてみんな知っているものという印象があります。学会の方向としては下火です。けれでも、実は、とても可能性と魅力のあるテーマだと、わたくし自身は思っています。今回、話型を特に出してきた意図というのは、どういうところにあるのでしょうか。あるいは、アメリカの学会ではこのようになっているとか、もしあれば教えていただきたいと思います。

堀　そうですね。貴種流離譚は世界中にあるんですね。ハリウッド映画とかもよく見たら、そのパターンが多いんですね。主人公はスーパーマンではなく、ちょっとぱっとしない人。そして、苦労して成長して、幸せな結婚をしたりとか、富とか名誉を築いたりとか。そういうパターンが存在することを、私たちは一応気づいてはいるのですけれども、新しいお話を見ると、やっぱり新しいものとして楽しめる。それは本当にすごいなと思います。

だから、ストーリーとか、音楽でも、何でもそうなんですけど、本当に基になっているシステムというのは、かなりユニバーサルに存在していて、それをどのように、アーティストなり作者なりがシフトさせて新しいものとして提供するか。そういうものなんですね。

だから、「話型という方法論」のように考えると、はやり廃りみたいなものがあるのかもしれませんけれども。でもやっぱり、テキストを読むということは、インターテクスチャリティーを読んでいるということで、オリジナルのテクストはないと思った方がいいですよね。学生さんとかは、まだそれに気がついていないかもしれませんけど、オリジナルはない。歌も小説もオリジナルはない。映画も絵も、全部、過去にあったものを引用している。でも、どういうふうに引用するか。どういうふうにシフトさせるかというものが、ポイントなわけですよね。

こちらで「はやっている」かどうかは分かりませんけど、日本古典文学の英語の研究論文では、もちろん貴種流離などのモチーフとか、そういうものはよく解説されます。指摘されないと気が付かないことも、たぶんあると思うんですね。知識として、モチーフというものがあると知っているのとは別に、物語を一読者として読む時に、そういうものを特に念頭に置かないで楽しむ場合もあって。でも、あとで他の人が書いた論文を読んで「ああ、そうか。あれは、実はこういう話型だったんだ」と気が付くこととかも、たぶん、学者の方でもあると思うんです。

だから、ちょっと答えになっているかどうか分からないですけど、「話型という方法論」という意味でお話しさせていただいたというよりは、今までの先行研究で、膨大な記紀神話と源氏の比較がある中で、今まで玉依姫が分析対象の外にあったというのが私の印象です。そういう意味で、玉依姫に焦点を当ててみようと思いました。

畑 タブーを犯すというような、ある種のパターンが普遍的に、いろんな地域やいろんな時代であって、それが現在も再生産、再構築されています。文学に限らず、古代からの話型はいたるところに入り込んでいて、現在を生きているわたくしたちにも身近なものだということを、記憶にとどめておいていただくかたちでよろしいかというふうには思います。

まだまだ先生方にお伺いしたいことがあるのですが、みなさま、時計をご覧ください。終わりの時間が近づいてまいりました。予定時刻となりましたものですから、このお時間をもちまして、本日の催しを終了いたしたいと思います。

パネリストの先生方に、今回貴重なお時間をいただいて、たいへんありがたく思っております。最後にみなさまから、先生方へ拍手をお願いできたらと思います。

一同 ありがとうございました。

（拍手）

六　アフタートーク

パネリスト（五十音順）：小山　元孝／シュミット　堀　佐知／園山　千里
主催・コーディネーター・司会：畑　恵里子
日時：令和四（二〇二二）年一〇月三日（月）午前九時〜十一時（日本時間）
会場：リモート形式

基調報告での意図・戦略

畑

先生方、パネルディスカッションでは誠にありがとうございました。これからアフタートークを開催いたします。

はじめに整理します。パネルディスカッションの目的は次のとおりです。

一つ目は、伝説の位置づけです。日本文学研究が多彩となり、同時に細分化しているように映る現在の研究環境の中、伝説や超自然的存在を描く作品分析はかつての活況を示すことなく、停滞しているように見えます。しかし、市井の人々は伝説や昔話を愛好していますし、学生と話をしますと、ゲーム等のサブカルチャーの背景になっていることが分かります。ある種の乖離のようなこの状態を、どのように整理して解釈すればよいのか。これが一つ目です。

二つ目は、日本文学研究の枠組にとらわれない思考の試みです。現在、伝説、ことに浦島伝説を人々はどのように享受しているのか、何らかの方法で確かめてみたいという考えがありました。これについては、性格心理学・教育心理学を専門とする研究者（静岡英和学院大学　林智幸氏）の協力を得て、参加者向けのアンケートを実施、分析して、わたくしが単著論文化するという、日本文学研究ではあまり前例のない試みへと繋がりました（本書所収）。精度としては簡易なほうでしょうが、ひとつの目安にはなると思います。

三つ目は、ごく一般の市民が気軽に参画が可能な、しかし、ある程度の専門性を有する学術的企画はできないものかということがありました。国税を原資としている科研費の事業でもあり、研究成果をできるかぎり広く公開して、一般の人々に還元したいという考えが根底にありました。

パネルディスカッションでは、小山先生、堀先生、園山先生の順にお話いただきました。それは、参加者つまり一般市民にとって、馴染みのある浦島伝説から入っていって、記紀神話、『源氏物語』、バルト海へと意識を広げてほしいということによります。海ごとに分けて、異界がどのように表現されているのかを比較して、海洋文化という視点から考察を深める試みにしたいということがありました。

続けまして、アフタートークについても例のない試みですので、趣旨をご説明します。

これはそもそも学術用語ではありません。演劇で用いられている言葉です。お芝居の終演後に、改めて観客の前で出演者や演出家等が行う小規模な座談会を指します。この場面はこういう意図で演出したとか、この場面ではこうした目的でこのような芝居をしたとか、そうしたお話を耳にするケースが多いように思います。映画や演劇の、いわゆるメーキングに近いイメージでもよいのかもしれません。今回敢えてこの言葉を使ったのは、パネルディスカッションの開催後、改めて研究者同士が集って、各々の目論見や立場に積極的に踏み込んだり、戦略的な部分を敢えて開示したりした上で、一般参加者の前で専門的なやりとりを行ってみたかったという理由によります。ただ、今回は諸事情により、一般参加者の前で行うことはむずかしいため、後日に登壇者のみでの実施となりました。パネルディスカッションではこうした展開にしたけれども実はこういう意図があったとか、こういう戦略があってこのように話をしたとか、各自のお考えについて手の内を見せるような形になるかと思います。場合によっては勇気がいることかもしれません。でも、そこまで分かれば、聞いているほうも、そういうことがあってこういう基調報告になったという趣旨が明確になると思います。

ご登壇順にお話しいただきたいと思います。小山先生、お願いいたします。

現在も生きている丹後の浦島伝説

小山　事前の打合せで、参加者は地元の静岡の学生さんが多いということを、畑先生から聞いていました。まあ、丹後と聞いても、ほとんどピンとくるような人はいないだろうなと思っていました。なので浦島の話の前に、丹後ってどんなところというイメージをつけて欲しいということで、最初に丹後の海の話をさせていただきました。

それとプラスして、大きなテーマとして「海洋文化としての伝説・楽園・異界」というのがあります。今回取り扱いました浦島の話は、あるいは他の伝説もそうなのですけれども、どうしても授業で習ってしまうと『丹後国風土記逸文』であったり『日本書紀』であったりと、かなり古い話というところから始まるので、昔の話だよねというイメージを持つと思います。でも実は、現地では過去のものでもなくて、今でも生きているんだよというところを知ってほしいと思い、皺榎の話であったり、お祭の話をしたりしました。今でもちょっと振り向けば、浦島というのはあるんですよというのを知っていただきたくて、この二つの大きな話をさせていただきました。

その意図がどこまで伝わったかなというのは、畑先生が採ったアンケート結果を見せていただいたら分かるのかなと思っています。私からは以上です。

異界しての海と海幸・山幸伝説

畑 堀先生、お願いいたします。

堀 最初、私がアメリカで日本文学を教えているのでそれと絡めてというお話だったとは思うのですけれども。アメリカというのは非常に歴史の浅い国でして、日本の子どもたちが日本のお伽話を読むように、アメリカの子どもはヨーロッパのお伽話を読みます。アメリカの先住民は文字を持たない文化でしたので、アメリカ先住民のお話が絵本とかになってアメリカの子どもたちが読むという文化が、やはり、あまり定着していません。アメリカに特化した海底のイメージとか、異界としての海ということではうまく繋げられなかったので、異界しての海といえば、やはり龍宮とか海幸山幸伝説が自然かなと思いました。そのような事情で、アメリカではなく、日本の海洋伝説についてお話させていただきました。国文学では、記紀神話よりは、『源氏物語』との繋がりで、海幸・山幸が取り上げられることのほうが多いと思うんですね。ですから、『源氏物語』との比較をしました。学生さんたちも、たぶん記紀神話よりは、『源氏物語』のほうが馴染みが深いのではないかと思います。

守るべきものとしての海の宮殿

畑 園山先生、お願いいたします。

園山 今回のテーマが「海洋文化としての伝説・楽園・異界」ということで、海に特化したものだということでしたので、特にヨーロッパの海に関してということで考えてみました。

ポーランドは、海があるといっても、北部のバルト海のみなんですね。実際、私が住んでいたクラフクでは、魚を食べるということがほとんどありません。もちろんお寿司屋さんはたくさんあるのですけれども、冷凍してドイツや北欧から来たもので、あまり新鮮ではありません。魚とか海にそんなに馴染みのない場所なのですが、ポーランドの北部に行くとバルト海が広がっています。バルト海は、私はフィンランドからロシアに入ったこともあるし、いろんな国との接点があるところです。

そう考えた時に、バルト海は琥珀がとても有名で、やはり内陸で買う琥珀より断然デザイン性も豊かだし、質がいいし、なおかつ安く買い求めるとか、そういうものを思い出して、琥珀に関する伝説もあったなと思い出しました。琥珀というのは別にバルト海独自のものでもなく、ヨーロッパ独自のものでもなく、かなり世界中で採れるんですね。日本でも、もちろん採れるということです。海が繋がっていると考えた時に、琥珀というものの観点から見ていくと、海洋文化としての広がりというのが見えるのではないかなと思って、琥珀に焦点を当てました。

まず私が調べたのは、ポーランドの琥珀に関する伝説です。実際、パネルディスカッションの時に、「日本での琥珀の伝説はどうですか。」という質問がありました。琥珀があるということは分かるのですけれども、伝説自体はまだ私自身は調べていなくて、あまりないかなという推測はしています。

一方、ヨーロッパの方は、ギリシャとか、昔からの神話・伝説で、琥珀が登場する話が結構あります。その中でポーランドの琥珀に関するものを挙げてみたという形になります。

今回挙げた『バルト海の女王』ですけれども、ユラタという、海に住んでいる女王がいて、地上にいる漁師のカスティリスのことを好きになってしまうというお話です。

海と地上と考えた時に、日本でいう浦島だと海の世界へ連れて行きますよね。地上から海に人を連れて来て、そして地上に返します。ところが、カスティリスと愛を育む『バルト海の女王』に関しては、海に連れて来ないんです。カスティリスを連れて来ないで、山で会おうということをしていて、それが結局、罪だということで、女王の宮殿が崩されてしまうということになるのです。連れて来ないというパターンもあるんだなということも感じました。

そしてパネルディスカッションの後で思ったのは、やはりどこの国のものも海に宮殿があって、連れて来るとか連れて来ないという問題ではなく、まずは海に宮殿があってそれを守るということが、すごく強いと思いました。

そのように考えた時、たとえば、浦島の場合は魚釣りをしているという状況ですし、記紀神話の場合もお魚を釣るということで、その中で話が展開していきます。お魚や海の宮殿の人たちは、海の仲間同士として、お互いをすごく大事にするわけですね。海を守るというようなことをしますから、『バルト海の女王』も、海を破壊されることを恐れたわけです。カスティリスは魚を大量に釣っていたので、女王の怒りを買いました。海を守るとか、海の中の自然環境を守るようなイメージもあるのかなということを感じました。

仏典の想像上の宝物としての琥珀

畑

先生方、それぞれお考えやスタンスを出してくださっています。園山先生のご指摘は、海洋文化を踏まえた伝説のありかた全体に繋がっていくと思います。いろんな異界がある中、確かに、海は宮殿が打ち出されている印象があります。他の異界には必ず宮殿があるのかというと、たとえば記紀神話の根の国では、虫だとか怪しげなものが、地の底の、黒い闇の世界で蠢いているというイメージが強いです。龍宮のような、煌びやかな華やかなもの、あれは神仙思想等に関わるのでそういう表現になってくるのでしょうけど、それとは全く異質な形です。

小山先生、丹後の当地のかたやあるいは歴史学では、海の宮殿に対するイメージのようなものは、どの程度共有されているのでしょうか。

小山 私も園山先生の話を聞いていて、日本の話はどうかと思いました。すごく気になりますね。

ふと思い出したのが仏教経典で、そこに琥珀は嫌というほど出てくるんです。『大正大蔵経』のデータベースを「琥珀」で検索したら、どこを見たらいいんだろうというぐらい、たくさんあるんです。仏国土、それこそ釈迦なり観音がいる仏国土を飾る煌びやかなものの中に、七つの宝、金、銀、瑠璃、玻璃とか並ぶんです。いろんなもののひとつに琥珀が出てきますし、中には、珊瑚とか、硨磲（シャコガイ）とか、金・銀みたいな山のものもあれば、海のものも結構あります。

調べたところ、琥珀に特化した論文はあまりなかったですけれども、硝子や瑠璃はわりと注目されています。仏典を読んだ日本人は、琥珀も硨磲（シャコガイ）も、おそらくほとんど見たことがないはずなので、どう思っていたのかなと感じています。想像の域に入っていたでしょうし。もともとインドの仏典でもどう想像していたのかなというのがあります。ギリシャ神話も入っていた可能性もあるのかなと思いますね。これを見たことのない日本人がどのように想像していたのかなと思います。仏典の中の琥珀を調べようかなと思ったけど、あまりにもたくさんあり過ぎて断念してしまいました。

畑 仏典には琥珀が非常に多いということ、そして、珊瑚等の海の財宝に関する表現は、実物を見ていない人間にとっては想像上のものに近い扱いになっているということですね。日本古典文学ですと、園山先生のご指摘のように琥珀の印象はさほどありませんけれど、仏典と言うと、見え方は変わってきますよね。園山先生、いかがお考えになりますか。

海と性差

園山 琥珀が日本でどのように表象されているかと調べている時に、確かに経典にはたくさん出てくるということなのですが、そこで止まってしまいました、私は。確かにたくさんあるのだけれども、飾りとしての羅列という側面があります。そして、琥珀が実際に存在しているということもあります。しかも経典にあらわれていくというのがどういうものかと考えると、海の神様的なものを崇めたり、海への信仰に繋がっていったりするのかなということは考えています。

小山 今回、小山先生のご発表で「水無月祭」の写真が出ましたね。結構新しいものだとおっしゃっていたのですけれども、このシーンは、ヨーロッパのイベントから言うとびっくりすることなんです。

園山 そうなんですか。

小山 海の中に入っていくというのが。しかも集団ですね。

園山 そうですね。

小山 浦島のモニュメントとかを上にしています。これはお神輿ですね。

園山 はい。

小山 モニュメントじゃない。お神輿ですね。

園山 人間が浦島の扮装をしてという感じですね。

小山 そうですよね。お祭としても、海に入っていくというのがどういう意味あいが現在あるのかなと感じました。海に入っていくお祭は、日本にはたくさんありますよね。でも、敢えて入る。自分たちが海に入るということが一体どういうことかということは、非常に気になります。

小山 「水無月祭」は夏祭で、しかも、あの場所は一番河口付近になります。「川裾祭」とも言うんです。河川の下のほうですので、汚れたものが流れ着いてくるわけです。なので、神様が、汚れた海を清めるために、海の中に御旅所をわざわざつくって、そこまで行って、ぐるぐると回るというようなことを聞いたことがあります。汚したらいけない海を汚してしまったので清めるということだそうです。

堀先生、お気づきの点はありますか。

堀畑 「琥珀（コハク）」って音読み、つまり中国語ですよね。和語では「赤玉（アカダマ）」って言うと思います。それは琥珀に特化していなくて、色のある綺麗なものをまとめて言っていると思います。おそらく日本土着の琥珀のイメージはそんなに強くはなくて、「きれいなもの」のひとつ、という感じです。そして「赤玉」ではなく「琥珀」と言う場合は中国大陸のイメージが強いのかなと思います。だから、『竹取物語』とかで、珊瑚とか、玉とか、結婚難題譚のモチーフの中で、日本にないものを持って来いというような時のように、「珍しい舶来物」という感じで琥珀はイメージされたのかなと思っています。

海底宮殿のイメージも、おそらく仏教経典と繋がっています。海の中の宮殿は、たとえば、『法華経』の龍女が住んでいるようなイメージなので。かぐや姫も月の宮殿に帰りますけど、その月という異界のイメージも、中国とか天竺のイメージが強く、月の宮殿、海底宮殿を飾っているものも、おそらく舶来物の宝飾品というイメージが強いのかなと思います。和語にあるのは、「こがね（金）」、「しろがね（銀）」で、それ以外のものは大抵「玉」で、和語にするとボキャブラリーが貧困です。そのような事情で、色々な宝飾品に言及する際は外来語になってしまうのだろうな、と思いました。

海中の宮殿へ連れてゆく話型と連れてこない話型

畑　琥珀が話題の中心になっています。海の世界を守ろうという共同体の意識が、日本だけではなくユラタの話でも出てきています。話型としては、浦島等とは逆で、海の異界へ人間を連れて来ない形をとるということですね。

堀先生に伺います。乳母《めのと》に関する基調報告で、話型をひとつのポイントにしてお話していました。話型という観点からお気づきになったことはございますか。

堀　私が今回のパネルディスカッションのためにリサーチして思ったのは、「ヒーローズ・ジャーニー」という、日本の貴種流離譚と似たようなパターンの話が、実は世界中にたくさんあるということです。

これは、あまり国文学の中では共有されていない、おもしろい情報だと思っています。ヒーローは元々ヒーローなのではなくて、苦労してヒーローになるという形です。その中で、西洋では、結婚は最後の最後のご褒美になっている。

日本の場合は、女性の活躍があってこその貴種流離譚、というのが非常におもしろいと思います。だから、結婚がお話の主要な核になっています。後づけのご褒美ではないので、おのずと女性の活躍にお話の中心が向くんですね。

結婚が中心ということは、男性が魅力的でなくてはいけない。だから、それも日本の貴種流離譚のポイントで、大国主も、ニニギも、山幸彦も、みんな美男子なので、女性のほうからアプローチしてくる。そして、すぐ恋に落ちる、というのがポイントだと思います。

だから、怪物をやっつけるという試練は、あまり重要ではありません。西洋では怪物をやっつけるのが最重要課題で、そのご褒美にきれいな女性と結婚できる。いわゆる「トロフィー・ワイフ」ですよね。そうすると、女性の活躍があまりない。単に助けてもらう人、あるいはご褒美としての美しい女性です。でも、日本の場合は、お話の中心に女性による援助というものがある。それに気づいた時はなるほど、と思いました。貴種流離譚、あるいはヒーローズ・ジャーニーは、バリエーションを生み出す基本的話型のひとつですよね。

畑　ところで、浦島とは一体何者なのかと思案しています。単に若い男性の人間にも見えますが、龍宮の乙姫の夫たるにふさわしい、神仙世界に入り得る資質の持ち主として選び抜かれて連れて行かれたある種の貴種にも見えます。小山先生にお伺いしますけど、地元のかたは、浦島は特別な資質の人間という認識というのはありますでしょうか。

小山　われわれ住んでいる地元の人間には、そこまでの認識はないでしょうね。私は網野神社の地域の出身ですけれども、秋祭りのお神輿では浦嶋子がご神体として乗るんです。私は浦嶋子を担いでいたはずなんですが、でも実際はあまり気にしていないので友人から「あれ、何。」と聞かれ、私が「あれ、浦島。神さまの一人。」みたいに答える感じになっています。そのため、畑先生のいう認識というのは、ずいぶん変わってしまっているんじゃないかなという気はしますね。

畑　では、日本古典文学としての浦島は、当地では、幾分、形骸化しているということでしょうか。「よく分からないけれど崇められるべきもの」というような、漠然としたイメージということでしょうか。

小山　そうですね。どちらかというと、そういうほうに近いという感じはします。伊根地方はどうなのかは知らないですけども、京丹後市を見ていると、そういう感じかなという気がしますね。

丹後に点在する浦島史跡

畑　伊根という地名が出たので、小山先生に続けて伺います。浦島のゆかりの場所は丹後半島に二箇所複数ありますが、かなり違う場所に位置していますよね。

小山　遠いですね。

畑　同じ丹後半島ですが、浦島伝説にゆかりのある浦嶋神社と網野神社とでは、距離が相当あります。浦嶋神社は若狭湾、網野神社は久美浜湾寄りです。

小山　何十キロというレベルです。網野町は竹野郡、伊根町は与謝郡で、郡も違っています。丹後半島の先端に経ヶ岬があって、それの西と東で、実は結構話が違うのですね。隠岐島の話があるのは、基本、西側です。東側に行くと、ほぼありません。そこで話が分かれるのですが例外が浦島です。ここの説明がつかず、自分の中で矛盾を抱えています。東西で随分と違うはずなのですけども、同型の話が残っているというのは、私も説明がしづらいです。

畑　しかし、土地のかたがたは、違和感なく受け入れているということですか。

小山　そうですね。今でもそうですけども、網野町は海から漂着するものも多いですし、いろんなものが海の向こうからやって来る感じもあります。逆に、伊根のほうは丹後半島を回ったところで、立地が網野と違うところなので、どう思っておられるのかなというのはあります。ただ、あそこは、ちょっと先に冠島《かんむりじま》が見えています。なのであの向こうに何かあるというような、違ったイメージをお持ちなのかなと思ったりもします。

丹後の皺榎の伝承

畑　丹後に独自に伝わっている浦島伝承は、場所もさることながら、バリエーションが豊富すぎるほど豊富です。小山先生の基調報告に皺榎《しわえのき》がございましたが、あれも気になったもののひとつです。

小山　そうですか。

畑　当地で幾度か皺榎を見学しました。最初に思ったのが、かなり遠いということだったんです、海から。海から離れた遠い山の上に皺榎はありますでしょう。浦島の自宅の設定ですよね。

小山　はい、そうです。

畑　もちろん今と全く同じ地形ではないのでしょうが。

小山　現在の網野神社付近は最近まで内海でした。基調報告で申し上げたお祭の辺りでもそうですけども、内海が昭和四〇年代まで残っていたんです。

遺跡などの関係から言いますと、一五世紀ぐらいから、今の境内附近に人が住みだすようになっていると思っています。その頃に網野神社が移転したという話になっています。古代でしたら、今の境内地は完全に海だったと思っています。

山の上の方の高台は、弥生時代から中世ぐらいの遺跡があって、人が住んでいたところですので、浦島の自宅があったという設定でもそんなに違和感はありません。この辺は、「下は海で家はないだろう。」とか、そういう感覚でいますね。

畑　当地のかたは、「あれは内海で近い。そういうものだよね。」と認識しているということですね。

小山　そうですね。

畑　皺榎については、明らかにあれは後の時代に創られたものでしょうが、当地ではどのような認識でいらっしゃるのでしょうか。

小山　皺榎が台風で倒れた時に、「あれは浦島の皺榎だから、何とかしなきゃ。」と、地元の人が言いだしたんです。そんなに普段から大事にしていたかなあという印象もあったのですけども、急にみなさんが「あれは、あれは。」っていう感じになりました。網野の皺榎は、近代に入ってからとは思うのですけども。

堀　質問なのですけど、皺を投げるというのはどうやるんですか。

小山　皺を自分で取っちゃう。

堀　皮膚を投げるということですね。非常に違和感があります。それはあまり突っ込みどころではないのでしょうか。

小山　突っ込みどころではありますね。気持ち悪い話じゃないですか。何か生々しい、血だらけの皺が木の肌についていて。何かどろどろした感じですしね。

畑　当地で皺榎の由来を知った時、わたくしも違和感がありました。もともとの伝説にない内容ということもあるのですけれど。自分の顔の皺を引きちぎって投げつけるということですよね、小山先生。

小山　網野の皺榎はそう言っていますね。

畑　なぜそういう話が伝わっているのか、当地のかたは、さほど気になさらないのでしょうか。

小山　そうですね。あまり気にしていません。

堀　それで浦島が皺のない顔になったということでしょうか。

小山　そういうことでもありません。そのため、僕も、その説明をした後に、「じゃあ、この木を若返りの木として美容の神さまにしようかな。」とか、ばかなことばかり言っていたんですよ。

堀　そっちに行きそうな気もするんですけどね。

小山　ところが、美容の神さまになっているわけでもないんですよ。そこで話が止まってしまっています。それは話としての若さがあるためのように思います。まだそれほど話が練られていないのでしょうかね。

近世の地誌に、伊根町の話として皺榎も出てきます。明治の火災の時に焼けてしまったようで今はないのですが、網野町の人たちがその話だけを持ち込んだんだろうなと思っています。なので話自体がまだ浅いんです。美容の神さままでもっていけるところまで、まだ行っていませんしね。これからどうなるのか。

皺榎の背景

堀　美容といえば、近世の浦島はすごくハンサムになっていますね。上代では地元の美男子という話ではありませんが。畑先生のご発表を聞いた時に（Thinking <Women X Women> in Japan: Visualizing Texts, Reading Images Workshop III, 2020; Embodiment: Representations of Corporeality, Visualizing Texts, Reading Images Workshop IV, 2021. ダートマス大学ワークショップ、二〇二〇年、二〇二一年）、歌舞伎役者にたとえられてとか、近世ならではの捻りがあったのですけど、あれは最近の脚色なんですか。

小山　そうですか。でも、確かに美男の浦島はありますよ。浦島の絵本を比べていたことがあるんですけども、いい男に描かれていたりとか。

堀　そうですよね。それで不細工な兄弟がいるんですよね。

小山　えっ、そうなんですか。

堀　畑先生の調査した近世版本にありますよね。

畑　はい。

堀　すごく脚色が進んでいるというか。

畑　少し補足します。近世の浦島享受ではかなりのバリエーションが出てきます。歌舞伎等と結びつくことが多いなというのが率直な印象です。中世ぐらいまでは、浦島に兄弟がいる気配はまずありません。ところが近世になると、美男の浦島と醜男で心根が醜悪とされている兄弟とを対比した作品が出てくるようになります（舞鶴市糸井文庫蔵『水江浦島《みずえのうらしま》対紫雲筐《ついのたまてばこ》』等。舞鶴市掲載許諾確認済）。つまり、善玉と悪玉との対比です。『桃太郎』や『曽我物語』等と結びついていたり、玉手箱が二つあったりする等、内容に展開が見られます。歌舞伎を踏まえている場合は、挿絵の顔のつくりやお衣装もそれに沿っていて、コントラストが効いています。

　このように浦島伝説は、時代によって享受の位相が違います。上代、中古ぐらいまでは、「開けて悔しき玉手箱」のようなイメージや、乙姫から浦島への求愛が強いのですが、中世になると、末尾で鶴と亀とで対になる縁起物のニュアンスが入ってきます。近世になると、長寿等の側面が押し出されて一層縁起物になっていきます。そのため、浦島伝説は時代によって享受が揺れていて、実は、解釈が難しい作品という印象があります。

　そこにさらにつけ加わって難しくなる要因のひとつが、丹後地域での独自の伝承です。

　皺榎も、引きちぎって投げつけるというのが、どういう意図であったのだろうかという疑問点が残存しています。最初に聞いた時は、若さや美容との関わりとしてではなく、激しい怨恨に映ったんですね。小山先生、どういう意図があって投げつけたのか、当地には伝わっていないのでしょうか。

小山　ほとんどないですね。

畑　行為だけが出てくるということですか。

小山　はい。網野では、一番古いものでも、明治一七年の『神社明細帳』に出てくるぐらいです。これが皺の榎だという程度でしか出ないので、そんなに古くはないんですね。
社会科の副読本を見ていると、「自らの姿を嘆き悲しんで、皺を投げつけた。」というようなくだりになっています。怨恨のような感じで書かれているので、ああ、今はこうなんだなと思っています。
近代ではそこまで言っていないのに、現代になると老いへの怒りが含まれるようになっているということが分かります。中世の長寿の神としての性格なんか、もう全然ないのかなとか思います。

畑　自分の知っている地上がないことへの悲哀ではなくて、老いへの怨恨ですか。

小山　現在は老いへの怒り、悲しみという感じで描かれていますね。

畑　意気消沈ではなく、あくまでも憤慨ということですか。

小山　怒りです。現在の話はそこまで行っていますね。いつからそんなふうになったのか。

畑　怒りの象徴ではありますが、当地では、皺榎が台風で倒れてしまっても、育てて、大事に伝えていこうという動きがあるんですよね。

小山　はい。

畑　大事にしていく動きはあるけれども、なぜそうなったかという背景の説明までは、さほど共有されている感じでもありませんね。

小山　そうですね。

畑　網野神社の祭でも、よく分からないけど担ぐものは浦島なんだという意味合いの認識ということですよね。皺榎も、どういう意図で投げたのかは本来分からないけれども、最近は怨恨的な説明が加えられているということですね。

小山　はい。

丹後で発生したあらたな浦島伝説

畑　そういった意味では、丹後の土地のありかたに浦島伝説を合わせる形で、柔軟に、いわば、創り直しているということになります。それもごく近代になってからです。

小山　そういうことですね。

畑　急激に変化したという感じになりますか。あるいは、そうでもないのですか。

小山　急激にという感覚でもないです。ちょっとずつ、何か話が膨らんだりとか、付け加わったりとかというのもあります。年代にもよるのかなと思ったりもしたのですけども。

例えば、皺榎の復活をさせようとしていた郷土史の研究団体の方というのは、高齢者たちです。その世代のかたは、戦前の教育の中で、浦島を聞いていたのかなと思います。「ここは『日本書紀』にも出てくる浦島のところで、うちもそれに関わる。」とかいうようなことも聞いていたと思います。

皺榎のすぐ横には、大きな古墳があるんです。二百メートル級の前方後円墳です。戦前の国民でしたら、宮城遥拝って、皇居のほうを拝むじゃないですか、ちょうどその向きなんですよ。だから、古墳を拝んでいるような感じでやっていたんだというのを聞いています。そこに皺榎はあります。そういう子どもの頃のいろんな体験が、ずっと染みついていて残っているようです。どうも、あの辺のものを大事にするというようなな、そういうふうにしていらっしゃいます。しかし、僕らはそういう教育を受けていません。世代にもよるのかなという気がしました。

畑　すると、海への畏敬よりも、浦島そのものに意識は向けられている感じですか。

小山　そうですね。海といっても、釣溜《つんだめ》もそうですし、福島《ふくしま》もそうですけども、本当に近いところにあります。地元民としては、海は日常に近いところにあるという感じですね。「里山」なんていう言いかたをしますけど、この場合は、いわば「里海」というのでしょうか。浦島の出てくる場所は、どちらかというと「里海」に近いような、灯台の先であったりとか、釣りに行く海であったりというような、そんな感覚になっていると思いますね。

海底の異界と山の異界との対比

畑　ところで、堀先生の基調報告では、海と山との対比も含めて、異界としての海が、日常と非日常とで対比されていていました。丹後ですと大江山のような鬼の住み処としての山もあるわけで、日常と言えない部分もあります。そのため、堀先生のおっしゃる山とはどういう意味か、補足説明をお願いできますでしょうか。

堀　私が対比しているのは海底と山奥です。人間が入って行こうと思ったら、やはり海底は非常に難しいですよね。特に古代人にとっては。だから、想像の産物になるし、いろんな生き物が躍動感を持って動いている。そういう意味でファンタジックなイメージです。

それに対して山奥、たとえばニニギがコノハナサクヤヒメと出会う場所は、大山津見神が支配している異界です。古代人にとっては、想像を絶するような世界ではなくて、あくまでも想像の域の範囲内という意味です。おそらく海底宮殿のほうが、思わず時を忘れて過ごしてしまうような、新婚生活を送るにはふさわしい場所です。でも、根の国や山奥は、主人公は妻と宝物を手に入れたら出ていく、長居はしないという場所ですね。

畑　海の異界と山の異界とが対比されています。園山先生、いかがお考えですか。

園山　堀先生が、日常と非日常に分けて、海を異界として見るということ、これはこれで分かるんですね。だけど、もう一つの考え方として、「天《あめ》」、つまり「天《てん》」ですね、そして「空」があって「地」がある、という見方もありますね。そう考えた時に、「地」というところに、「山」とか「海」が含まれると思うのです。

　でも、堀先生の基調報告に「海底」とあったので、「地の底」なのかなとか。そういうことを考えると、いったい境界、異界というものをどう捉えたらいいのかなと、悩みどころです。「地」のところで広がっている「海」なのか、でも、もっとその下にパラダイス、人間が言うユートピアみたいな、そういうものが広がっているのかという点が難しいと思いました。

堀　その境界的な領域の話ですけれども、堀先生は繋がっているという考え方ですか。下ではないということで。それは研究者同士でもディベートしているところです。海神は国津神なので、地平線上にいると考えられています。ただ、「籠に入れて沈められた」と記紀神話には書かれているので、水面上ではなくて、やっぱり海底に宮殿があるというイメージです。違うレベルの世界というよりは、繋がっている世界ということになります。だから、何かポータルがあって、トランスポートするようなイメージではなくて、繋がっているという感じではありますね。

園山　空間の問題ですよね。突然どこかから空間移動するというのではなくて、繋がっているというイメージですね。

おわりに

畑　龍宮の場合は空間だけではなく時間も含まれますが、こうした問題は、異界の空間あるいは時空間をどのように認識していくかということにも繋がっていくように考えられます。

小山　そろそろ終了のお時間が近づいてまいりました。ところで、小山先生が基調報告の中で、静岡では富士山や竹取、天女伝説をどの程度気にしているのかということを問いかけていました。会場では特段リアクションはありませんでしたが、一応、わたくしは静岡県出身なのでお答えします。富士山に関していうと、毎日目にするもので、ひとつの指標にしています。普段は特段気にしませんけれど、どこか引っかかっていて、基準にしている、そういった意識は常に持っています。霊山ですし、シンボリックな山ですから、その特殊性も影響していると思います。

では、最後に先生方からお言葉をいただければと思います。ご登壇順にお願いいたします。

畑　テーマが「海洋文化としての伝説・楽園・異界」のため、皺榎のことを考えていたのですけれども、海に対する見方が、地域の中で歴史的にどう変わってきたのかというものを考えていきたいなと考えています。

もうひとつ、引っかかるものとして、徐福があります。伊根町の浦嶋神社の近くに、徐福の話が伝わっています。いつ頃から言われているのかははっきりとわからないのですが、近世ですとはっきりと言っていて、地誌にも出てきています。わりとリアリティーを持って大陸からやってきたことになっています。それと浦島が並立するというか、お互いがどう影響しあっていたのかという点で気になっています。浦島の話も影響を受けて変わってきたところがあるのかなと考えています。以上です。

堀　徐福の話も丹後では伝わっているということで、浦島との共通性も出てくるわけですね。丹後は外部との文化交流が多く、海の彼方からやってきた何かと出会う場所という土地だと再確認できました。では、堀先生、お願いいたします。

やはり日本が島国であって、中国大陸との間に海があったということが、日本文化が独自に発展するための大きな契機になっているということを、普段、自分の研究でも考えております。

中国と日本の間にある朝鮮半島の文化が、どのように陸の国境を共有する中国の文化を受け入れたかと比較すると、日本のほうが、外来の思想とかテクノロジーなどを、土着の文化と融合しやすかったということです。地理的環境が、特有の文化を発展させる上では役に立ったのです。仮名が、女子どもだけが使う、価値の低いものというふうにはならず、男性も仮名を使って日本語で物語を書いたり和歌を作ったりできたというのは、日本の文学の発展にとっては好都合だったのだと思います。

一方、韓国のハングルは同じではありません。ハングルは一五世紀に、世宗大王によって発明されたと言われていますが、近代に入るまで、ハングルはあくまでも女子どもの文字と看做され、非常にステイタスが低くて、なかなか普及しませんでした。ずっと男性が漢文で作品を書いていて、それがステイタスであったというのは、やはり中国がお隣にあったというプレッシャーが大きかったと思うんです。

だから、そういう意味では、日本が海に囲まれた島国で、何でも中国式でなくちゃいけないというプレッシャーが少なかったというのは、日本語文学の発展にとっては、幸いだったのではないかと思っております。

海は大陸との隔て、かつ、大陸との文化交流のジャンクションでもありました。日本国内だけでも、沖縄・奄美、瀬戸内海、北海道、それぞれ海洋文化圏が確立していて、役割やイメージがあります。個人的なことになりますが、これまでわたくしは作品世界に没入してきて、現実に則った側面をさほど考慮せずにきました。反省を踏まえて、そういう視点を考えていく必要もあると考えています。では、園山先生、お願いいたします。

園山　私が思ったのは、海をめぐる伝説の中でジェンダーを考えることも可能だなということです。琥珀から女性性を見るということもありました。

小山先生の紹介された水無月祭も、海に入るのは全部男性だけなんですね。女性は、たぶん入ってはいけないのかなと、そういうのも見えました。

堀先生のソロレート婚の紹介もおもしろいと思っています。敢えて夫の兄弟と再婚するレビレート婚がありますね。そうではなく、男性が姉妹と結婚するというのがとても重要です。堀先生の基調報告では、女性の果たす役割、それが結婚ということでしたけれども、そもそも女性の果たす役割というのが海の中で重要視されていると思います。私の発表でも「女王」ですものね。

そういうことを考えると、女性というものの強さが指摘できると思います。よく一九六〇年代とか一九七〇年代で、女性解放運動で使われた言葉で、「シスターフッド」というのがあります。女性同士の連帯みたいな、そういう意味でシスターフッドとよく言われるのですけど。記紀神話に関しては、女性同士の繋がりがすごく明確になっていて、玉依が来て、またアエズと結びつく。豊玉と玉依の関係性というか、まさにそれは、連帯がないとできないものです。堀先生、基調報告でインターセクショナリティとおっしゃっていましたよね。

堀　インターセクショナリティではなく、セクシャリティです。

園山　そうでしたか、私はインターセクショナリティなのかなと思っていて、交差性のことでおっしゃっているのかなと思いました。女性の役割を、海をめぐる伝説の中で見ていくというのも、おもしろいかなと感じました。

畑　ジェンダー的な視点は有意義な方法です。小山先生の土地の祭でも男性陣ばかりで、園山先生のバルト海のお話では女性の王であることが意味を持っています。堀先生のソロレート婚も同様です。先生方のお話を伺っていて、「妹《いも》の力」を連想しました。女性の持つある種の独自の霊力がいろんな形で影を落としていて、国家支配に利用されることもあれば、地域の守護にも繋がっていきます。大きなタイトルで先生方にお話いただき、多様なアプローチができました。

以上をもちまして、アフタートークを終了させていただきたいと思います。たいへんありがとうございました。

一同　ありがとうございました。

（終了）

第二部　論考

一　しわ榎の源流――浦島子をめぐる信仰史の一断面――

The Origin of the Shiwa Enoki: A History of the Belief in Urashimako

小山　元孝

一　はじめに

平成一六年（二〇〇四）十月に発生した台風二三号は、日本国内に甚大な被害をもたらし、京都府北部の丹後地方においても土砂災害、浸水をはじめ多くの被害が発生した。[1] この時、京都府京丹後市網野町の国指定史跡銚子山古墳の北東側にあるしわ榎[2]【写真1】も、二股に分かれた幹の片方が折れてしまった。[3] このしわ榎、地元では「水江浦嶋子（みずのえのうらしまのこ・浦島太郎）が、玉手箱を開け、顔中がしわだらけになってしまい悲しみのあまり、「しわ」をちぎって投げつけたため、樹皮が「しわ」で、でこぼこになったと伝えら[4]」れている。その後、主に京丹後市内の住民で組織される網野町郷土文化保存会と京丹後市立網野南小学校の児童たちにより、しわ榎から種を採取し後継樹を育てようとする取り組みが始まった。[5] 残念ながら元のしわ榎はその後倒壊してしまったが、後継樹は同じ場所で成長し続けている【写真2】。

さて、ここでいう京丹後市網野町の「水江浦嶋子（浦島太郎）」が榎に「しわ」をちぎって投げつけたという逸話は、『日本書紀』や『丹後国風土記』逸文など古代史料には登場しない。後述するが近代以降の史料にのみ記されたもので、後世に付加された地域性の高い伝承といえるが、その源流はどこにあるのであろうか。本稿は現在のしわ榎を出発点とし、その源流を探ろうとするものである。

二　もう一つのしわ榎

冒頭で紹介をした京丹後市網野町のしわ榎のほかに、もう一つのしわ榎の存在を確認することができた。宝暦一一年～天保一二年（一七六一～一八四二）に成立した丹後国の地誌『丹哥府志』に与謝郡本庄宇治村の「浦島社」について次のような記述がある。この「浦島社」は現在の浦嶋神社（京都府与謝郡伊根町本庄浜）であり、『延喜式』に記される宇良神社に比定されている。

【浦島社】
本社（五間、三間）社の中央五社を合せ祭る（五社は何の宮を集めて五社とする審ならず、俗に浦島太郎、曽布谷次郎、伊満太三郎、島子、亀姫の五人なりといふ未だ実否をしらず）其左右に随神各一座（冠服の制並に年歴を歴たる模様千年以下のものにあらず）社の下に狛犬一対、社の右に末社二社、右は豊受皇左は八幡宮なり、社の正面に華表二基、華表の前に楼門あり、楼門の前に鞨鼓橋あり（長一間半横五尺、擬法師あり、銘に寛文二巳年とあり、足音の登々たる鞨鼓に似たり、よつて名とすといふ）門内右の方に手洗鉢一箇、手洗鉢の右に絵馬堂一宇、絵馬堂の右に籠堂一宇、楼門の前右の方に二重の塔あり（元は三重なるよし）塔の前に皺ゑの木あり、島子玉手箱を開きし所といふ。(6)

ここで境内の様子を詳述する中に、二重塔の前に「皺ゑの木」があると記されており、島子が玉手箱を開けた場所とされている。この樹木についてはこの記事の後段に島子自ら謂はく僅に三年斗と思ひしが今幾星霜を経たるをしらずみづから心を傷ましむ、又浦島太郎の墓ありやと尋ぬれば、老婆大樹を指して此樹は浦島太郎の墓に植ゑし樹なりと申伝ふ（所謂一本杉是なり）於是島子其樹の下に至りて久しく哭泣すれども悶を遣るによしなく、彷徨して又老樹の下に至り、乙姫の与へし玉手箱を出して如何なる物ぞとひそかに開けば、其中より紫雲出て其身忽ち皺となり遂に其れ樹の下に死す（所謂皺ゑの木是なり）[7]

と浦島太郎の墓所に植樹された大樹が「一本杉」と呼ばれ、島子が玉手箱を開け身体が皺になってしまい亡くなってしまったのが「皺ゑの木」の下だと記されている。ここで登場する浦島太郎と島子は別人であり、『丹哥府志』では島子は浦島太郎の子と位置付けられている。

ところで、現在浦嶋神社では重要文化財に指定されている巻子本の絵巻『浦島明神縁起』が所蔵されているが、中野玄三氏はこの絵巻の特徴について、「雲滝山と布引滝の図、および、浦島子が玉匣の蓋を開けたところにある杉の古木の図―これが後に浦島明神の祠として発展していく[8]」部分と指摘している。さらに元禄九年（一六九六）の奥書を持ち同社に所蔵される『浦嶋子口伝記』に

然者我父浦嶋太郎入黄泉処、有旧蹤哉、老嫗謂云、自此当巽方、有古杉樹、名一本杉、世人皆謂浦嶋太郎之霊廟也、嶋子指詰問、老嫗云、然也、嶋子即谷水瀬口手、急到彼処、撫杉樹、悲涙哭泣而云、我遠遊仙洞、徒送年月、於父母告面无孝、亦平生无養、不知開此匣、報彼厚恩、玉匣之解鍼開見、紫雲従匣中出、差蓬莱之方、飛去[9]

関連地図

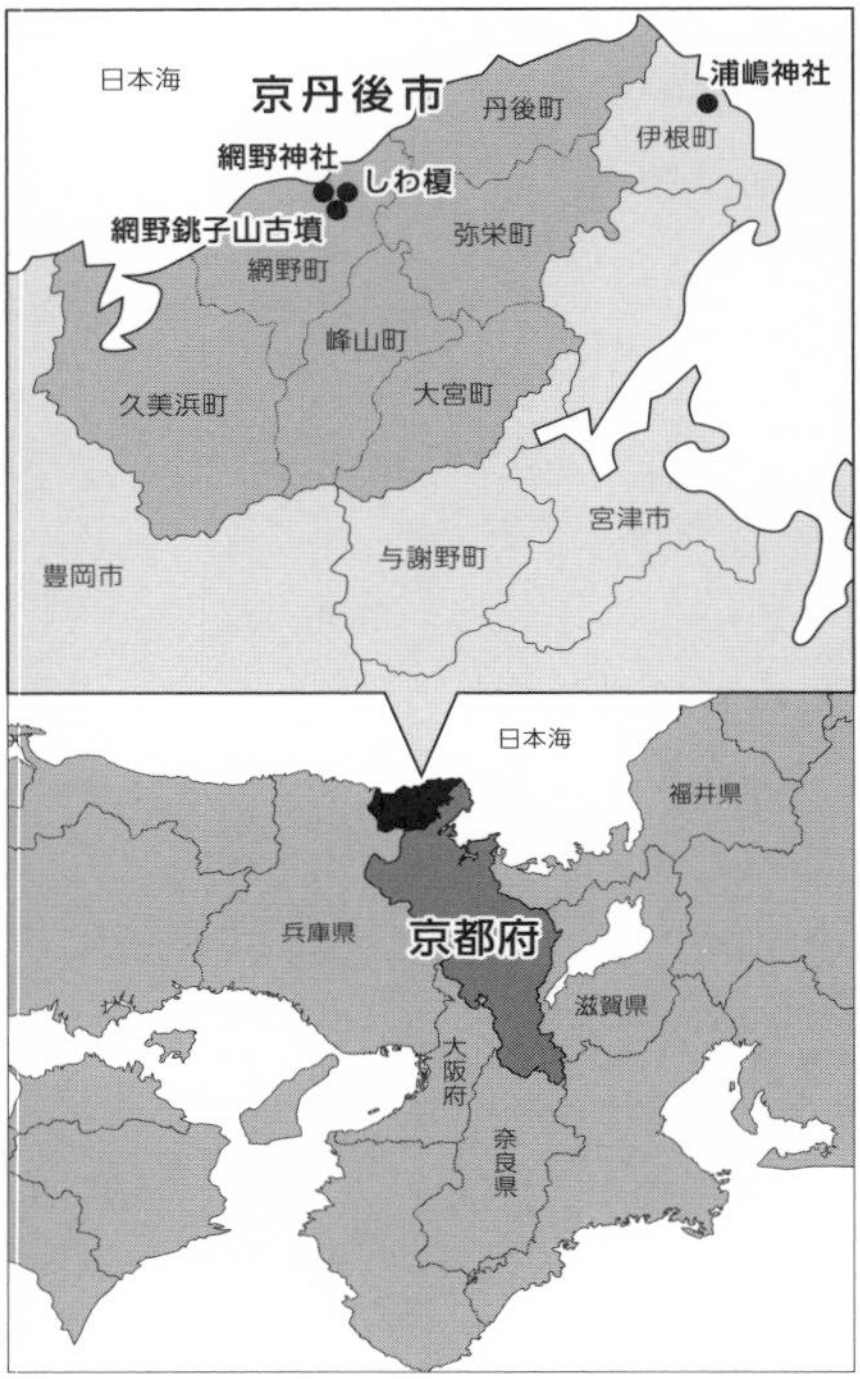

【写真１】倒壊する前のしわ榎
（京丹後市教育委員会提供）

【写真２】現在のしわ榎
（2022 年 7 月 9 日筆者撮影）

と、浦嶋子が老媼に父浦嶋太郎が死去した旧跡はあるのかと問うたところ、古い杉があり一本杉と名付けられていると答えており、絵巻と対応していることが記されていることなどから、中野氏は本書が「絵巻を繰りながら物語る詞」であると両者の深い関係性を指摘された。[10]また浦嶋神社所蔵で同じく元禄九年の奥書を持つ『新撰浦島子伝』にも「以嶋子入海、感疾而死、卜葬某処、種之杉樹、今一本杉是也」[11]とあり、一七世紀後半には浦嶋神社では浦島子の父とされる浦島太郎の墓所が一本杉と呼ばれていたことが確認できる。この二つの記述は『丹哥府志』に記された一本杉についての記述内容と一致しており、『浦嶋子口伝記』、『新撰浦島子伝』の内容が『丹哥府志』に影響を与えていることがわかる。では、『浦嶋子口伝記』、『新撰浦島子伝』、『丹哥府志』に記されている「一本杉」ついては、絵巻の中の樹木にその源流を求めることができるといえるが、『丹哥府志』に記される「皺ゑの木」の源流ともいえる樹木はどこに見いだせるのであろうか。

先ほど引用した『浦嶋子口伝記』には、島子が杉の木を撫で悲涙に暮れ、その直後に玉匣を開けている。島子が移動したと思われる記述がないところからみても、一本杉の前で玉匣を開いたとみてよく『丹哥府志』とは内容が異なっている。一方『新撰浦島子伝』には先ほど引用した箇所の後に、「撫玉匣彷徨、顧慮之間失手開之」[12]と、嶋子が玉匣を撫でながらさまよい思慮する間、手元が狂い開いてしまったとあり、一本杉から移動したと捉えることができる。そこでいま一度、浦嶋神社所蔵の巻子本『浦島明神縁起』に描かれている樹木に注目してみたい。[13]【写真3】は浦島子が老媼に問いかけている場面で、浦島子は右手で大木を指しており、【写真4】は大木の空洞部に入った浦島子が赤い箱を開けたところ煙が出て老爺となった場面、【写真5】は大木の下に浦島子が神として祀られている場面となっている。小松茂美氏は本絵巻の制作時期を一五世紀初頭とし、[14]【写真3】の大木を杉、【写真4】と【写真5】は同木で松としているが、[15]中野玄三氏は制作時期を一四世紀の前半とし、三本とも同木で樹種を杉としている。[16]このように制作時期、三本の樹木が同木か否か、また樹種についても見解が分かれている。【写真3】と【写真4】を比較すると葉の描き方が異なっており、空洞部分についても【写真3】の右側は下部を除き直線であるが、【写真4】は全体的に彎曲している点から見ても、両者には明らかに相違があることが認められる。しかし、表現上の問題だけで両者が違う樹木ととらえてよいのであろうか。【写真4】は箱を開けた浦島子が一気に老いる場面であるが、背後の樹木も同時に老いてしまったと捉えることはできないであろうか。箱から出た煙により、浦島子とともにこの大木も老いてしまい、青々としていた葉が枯れ、空洞部分も腰が曲がるように彎曲したのである。つまり、【写真3】の場面がもとになり浦島子の父である浦島太郎の墓所としての「一本杉」が『浦嶋子口伝記』、『新撰浦島子伝』の記述のように語られるようになり、続いて【写真4】の場面に描かれた樹木が老いてしまって別の木に見えることや、『新撰浦島子伝』に玉匣を持ち彷徨う記述があることから、「一本杉」とは別の「皺ゑの木」が『丹哥府志』に登場したのである。浦島子とともに老いてしまった大木、ここにしわ榎の源流を見出すことができる。また、同じく浦嶋神社所蔵で室町時代前中期頃作[17]とされる京都府指定文化財『浦嶋明神縁起（掛幅本）』も浦島子が老嫗に問いかけている場面、箱を開け煙が出て老爺となった場面の両方が描かれており、浦嶋神社では同種の逸話が語り継がれていることがわかる。

また他の地誌を見てみると、宝暦一一年（一七六一）成立の『丹後州宮津府志』には

【一本杉】
本庄宇治村　与謝郡　浦島社の辺にあり。島子此木のもとにて龍宮にて授りし玉手箱を開きしと云伝ふ[18]

と一本杉で玉手箱を開いたとあり、『浦嶋子口伝記』の記述内容を引き継いでいる。さらに天明年間撰（一七八一～一七八九）、文化七年（一八一〇）改正の『丹後旧事記』には、

【水江能野滝】

筒川庄宇治村の山上にあり雲引山といふ此辺に浦島が子の館跡あり又能野滝といふあり高サ卅余丈の峯より落て幅二丈余あり当国第一の滝なり、往昔白雲玉手箱の内より出て此峯に棚引常世の国へ去し跡なり又浦島が皺かけ木あり。(19)

とある。浦嶋神社から西へ約一キロメートル離れた「布引の滝」について、『丹哥府志』には「宇治村の後山を雲滝山といふ、山の絶頂より飛流直に下る凡七十五丈、聊樹木の遮るなし、実に銀河九天より落つるに似たり、滝の下に不動堂あり又其辺りに島子の亭跡あり」(20)とあり、位置や島子の邸宅跡のことが共通していることから見ても『丹後旧事記』にいう「水江能野滝」は「布引の滝」のことと考えられる。ここでは玉手箱より出た白雲が棚引いた場所であり、樹種は不明であるが「浦島が皺かけ木」があると記されている。他にも文化五年(一八〇八)『丹後名所』には「浦島太郎の由来、筒井の明神鞨鼓のはし、一本杉、雲引布曳の滝天より素練下るが如く」(21)とあり、具体的な内容は不明ながら「一本杉」の名称が記されている。「一本杉」については他に文化一一年(一八一四)成立の『丹後名所案内』来迎寺の項に「一本杉　寺の前に有、浦島子玉手箱明たる所也」(22)とあり、『丹後州宮津府志』と同様の内容を伝えている。ちなみに来迎寺は浦嶋神社の東側にあった別当寺であり、現在は神社の西北約二五〇メートルの位置に移転している。(23)一八世紀後半から一九世紀前半にかけての丹後の地誌の記述を列挙したところ、「一本杉」については『浦嶋子口伝記』をもとに地誌にも記されるようになっている。『丹哥府志』に記されるしわ榎については、本来は「一本杉」と同木であったはずが絵巻の中で嶋子とともに老いた姿に描かれたため、別の樹木として認識されるようになり、しわ榎として記されるようになった。そのため両者が並立する形で伝えられるようになったのである。

【写真 3】

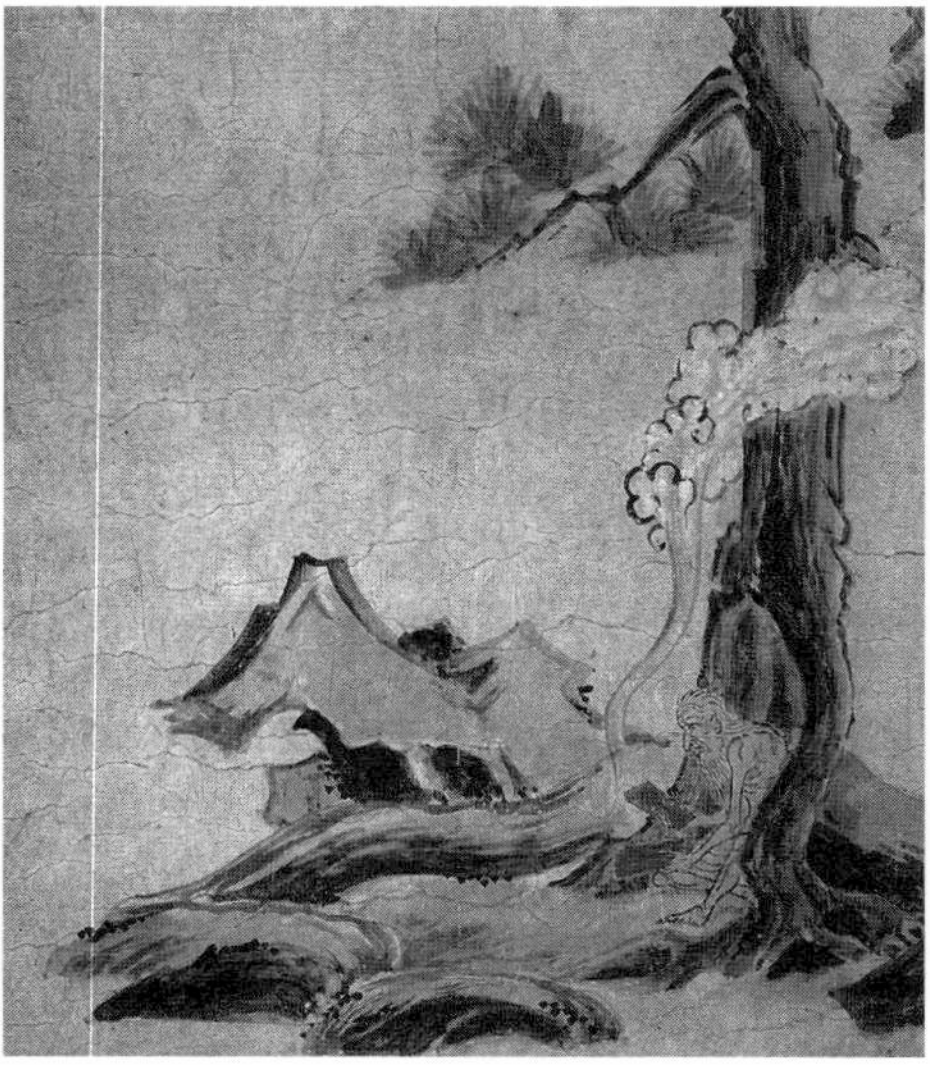

【写真 4】

【写真 5】

なお、日向国の修験者野田泉光院が文化一一年（一八一四）七月二九日に浦嶋神社を訪れ、しわ榎についても記録している。興味深いのが、「龍宮より貰ひし玉手箱をあけたれば、八千歳の間の皺この箱の内に入れてありたりとて、其時箱の内の皺を此榎の木に塗り付けたりと云ふ、因て木の肌皺の如き皮膚あり」[24]と、玉手箱の中にしわが入っており、それを榎に塗り付けたとされていることである。しわ榎をめぐる物語が派生し始めているのがわかる。

三　浦島明神と霊木

前節において、巻子本『浦島明神縁起』に描かれた内容から派生する形でしわ榎の逸話が形成され、近世の地誌類に影響を与えたことを指摘した。こうした樹木を通じた逸話の生成における信仰上の背景というのはどのようなものであったのであろうか。赤田光男氏は、樹木信仰には樹木そのものに霊が宿るとする木霊信仰、樹木が神を招くための招代となる招代木信仰、樹木に特定の神仏が宿っているとみる依代木信仰の三類型があるとされている。[25]しわ榎は、【写真4】で島子が老翁になった場所であり、【写真5】のように樹木の目の前で島子が祀られているところから見ても依代木信仰の一例といえる。さて鴨長明の歌論書『無名抄』には、

【あさも川明神事】

丹後の国与謝の郡に、あさも川の明神と申す神います。国の守の神拝とかいふ事にも、御幣など得給ひて、祭らるゝ程の神にてぞおはすなる。是は、昔の浦嶋の翁の神となれるとなんいひ伝へたる。物騒がしくはこ開けし程の心に、神と跡を留め給へるは、さるべき権者などにてや有りけん。[26]

とあり、ここでいう「あさも川」は文中に記されている与謝郡ではなく竹野郡であり、混乱が見受けられるものの、

一三世紀初頭には「浦嶋の翁」が丹後国内で神として祀られているのは確かであると考えられる。さらに一四世紀末から一五世紀前半頃成立と目される謡曲『浦嶋』[27]にも「扨も丹後の国水の江の浦に。浦嶋の明神とて霊神おはします[28]」とあり、これも与謝郡と竹野郡とは不分明ながらも丹後国内での信仰の状況を伝えてくれる。巻子本『浦島明神縁起』、『浦嶋明神縁起（掛幅本）』もあわせると、もと竹野郡であった京丹後市網野町付近、与謝郡伊根町付近いずれも一五世紀には浦島子が信仰の対象として祀られていたことは確かといえるが、信仰の内実については不明といわざるを得ない。しかし、享保一八年（一七三三）成立の『但馬湯島道之記』には、

又浦島が子を神に祠りたるは竹野郡阿佐茂川東網野村にあり、延喜式神名帳に丹後国竹野郡網野神社とある是なり、管川と郡はかはれども遠からず其間の海浜に釣台石あり又遊の浦根あがりの松も此間なりとぞ此網野明神を寿命の神なりとて祈る者多しとなり此所は浦島が子彼筥をひらきし所なりといへり（下略[29]）

と網野神社において「浦島が子」が祀られており、「寿命の神」であることが記されている。同様のことが、林晃平氏により横浜市の『浦島寺縁起』（天明本）に

ここに神祠にいわひ、浦嶋の神祠とも網野の社とも申して、霊験殊勝にて、子縁薄きもの、惣じて寿命長久の願、渡海の舩子、魚漁網人、亀を画て、絵馬に捧げ、さまざま奇特なるなぞ書あへるにぞ、[30]

と網野社には霊験があり「惣じて寿命長久の願」と長寿の願をこめ亀の絵馬が奉納されていることが紹介されている。いずれも網野神社のことであり浦嶋神社のことではないものの、【写真3】のように老爺となり、その後神として祀

られたところから見ても、丹後国内では寿命や長寿を願う信仰が浦島子に付随していたとみて差し支えないだろう。こうした寿命や長寿の神としての性格が、『丹哥府志』に記される「皺ゑの木」が誕生の下地となっているものと考えられる。

四　二つの「しわ榎」の関係

以上のように、巻子本『浦島明神縁起』に描かれた一本杉や、浦島子の持つ寿命・長寿の神としての性格を下地としてしわ榎は誕生した。とはいえ、冒頭で紹介した京丹後市網野町のしわ榎と与謝郡伊根町の浦嶋神社では直線距離で約二〇キロメートル離れている。この両者の関係はどういったものであったのだろうか。現在、浦嶋神社の境内では『丹哥府志』に記された「皺ゑの木」を見ることはなく、看板やパンフレットにも記されていない。浦嶋神社の「皺ゑの木」はどこにいってしまったのだろうか。明治一五年（一八八二）二月八日に宇良神社より京都府知事宛に提出された「本殿并拝殿再建願」には、「右神社過ル元治元甲子年四月十三日類焼ノ災一燃ノ灰尽トナリ」[31]とあり、元治元年（一八六四）に火災に遭っており、明治一八年（一八八五）二月一二日付で「本殿并拝殿落成御届」が提出されている[32]。伊根町内で聞き取られた民話の中には島子がしわを取って投げた「皺榎の実」[33]の存在や、その木が焼けてしまったという話がある[34]。また大正一二年（一九二三）刊行の『与謝郡誌』第七編第三章には「第十節浦島名所」という項目が立てられているが、「一朝間滝、暮間滝」、「二船繋岩、釣垂岩」、「三隠れ里、平岩、鯛崎」、「四龍穴、犬穴」、「五水の江浦島」、「六布引滝、雲引山」、「七大洞、鷹の巣」[35]とあり、「五水の江浦島」に多数引用された文献の中に「一本杉」や「皺ゑの木」が登場するものの個別に立項されていないことからみても、元治元年の火災とともに消滅してしまった可能性がある。

さて京丹後市網野町のしわ榎は、近世の地誌には登場しない。というのも、平成一六年（二〇〇四）時で樹齢が二五〇～三〇〇年といわれており、[36]『丹哥府志』に記された与謝郡伊根町の「皺ゑの木」が「老樹」とされていることと比すれば、編纂時においては存在すらしていなかったか、あるいは小木であった可能性が高く、しわのある老木足りえなかったと考えられる。文献上は明治一七年（一八八四）の『竹埜郡神社明細帳』網野神社の項が初出で、

水江浦嶌子神ノ由来ヲ尋ニ此ノ嶌子カ祖先ヨリ御親浦嶌太郎ト云人ノ家居セシ地也迚今網野村字福田ノソノト云ル地名アリ古ハ福田村ト称シ伝此地ニ浦嶌カ子共ニ住居セシカ生長ノ後者毎日釣ヲ楽ミ暮セシカハ終ニ海神ノ都江通ヒ数年ヲ経テ帰郷セシ神也。今福田ノソノト云シニ嶌子ノ皺榎ト伝古木ノ本ニ至テ皺ヲ此榎ニ投附ツ、終ニ衰老ノ身トナリ死スト伝ヘタリ。其他不詳。[37]

とあり、浦島子のゆかりの土地として紹介されるなかで「皺榎」が登場している。ここでは嶋子がしわを榎に「投げつけた」とあり、その点については先述した野田泉光院の見たしわを榎に「塗り付けた」逸話に近い。ただし、玉手箱に収納されていたしわについての逸話は無いため、島子本人にしわを投げつけてもらう必要があったと考えられる。網野神社では絵巻が無いため玉匣からの紫雲により老木となる逸話で語ることができず、一九世紀代に浦嶋神社で伝えられた内容をもとに派生する形で話が形成されたと考えることができよう。また「明治二八年一二月二四日古堂取調書寛平法皇堂に付随する亭子山の図[38]【写真6】【写真7】」にも「浦嶌古跡皺榎木」と現在地と同じ場所に記されている。さらに大正四年（一九一五）発行の『丹後国竹野郡誌』には「浦島太郎宅跡並に之に関する伝説遺跡」という項目があり「宅跡　字網野銚子山の東麓畑中にあり、古き榎木一本あり、口碑に浦島太郎の皺を投げ付けたる木なりといふ[39]」とあり、明治に入ってからその存在を主張するようになり、定着していく様を読み取ることができる。ただし、これらからは近世に見られる寿命や長寿の神としての性格を読み取ることは難しい。網野神社では明治時代

【写真６】亭子山の図（京丹後市教育委員会提供）

【写真７】亭子山の図（拡大）

に入り古社尊重の時代背景から、「天湯川板挙命」「水江浦嶌子神」を中心に据えたより古い時代の由緒が神道書や国学などの新たな知識をもとに語られるようになっており、[40] これまでの信仰をもとにした逸話との相違を認めることができる。以上のように、浦嶋神社では近世末期の火災以降、逸話としての存在が薄れてくるなか、逆に網野神社では由緒の変化が図られる中でしわ榎が取り入れられ、逸話としての中心地が浦島神社から網野神社へと移動していくことになったと考えられる。

五　おわりに～しわ榎のいま～

二〇二二年一〇月現在、京丹後市立郷土資料館【写真8】と京丹後市立丹後古代の里資料館【写真9】それぞれにしわ榎が展示されている。その内、古代の里資料館のキャプションには、

（上略）浦島太郎が竜宮城から帰り、乙姫からもらった玉手箱を開けると煙が出てきて、たちまち太郎はおじいさんになってしまいます。太郎は嘆き悲しみのあまり、顔にできた皺を引きちぎって榎に投げつけると、木の肌がしわしわになってしまったので、皺榎と呼ばれるようになったと伝えられています。

この皺榎が、平成一六年の台風二三号及び平成二四年の爆弾低気圧の突風により、二回にわたり中途から折れてしまいました。これは、二回目に折れた部分です。（一回目に折れた部分は、網野郷土資料館で保存、展示しています）

とあり、老爺となり嘆き悲しみのあまりに皺を投げつけたという逸話、また二度にわたる災害の被害により倒壊した状況が記されている。さらに京丹後市内の中学生が使用する社会科の副読本にも、

一方、網野町には島児神社、網野神社、六神社など浦嶋子を祀った神社や乙姫を祀る西浦福島神社があり、伊根町とともに浦島伝承が色濃く残されています。竜宮から帰ってきた浦嶋子が玉手箱を開け、老人になったことを怒り悲しみ、自分の顔の皺をとって榎に投げつけたために幹が皺だらけになったという「皺榎」が網野銚子山古墳の近くに現存しています(41)

とあり、ここでも老いへの怒りや悲しみが記されている。

中世の巻子本『浦島明神縁起』に描かれた内容から派生する形でしわ榎の逸話が形成され、近世の丹後国内の地誌にも記されるようになった。その背景には、近世以降に見られる寿命や長寿の神としての性格が影響していると考えられる。しかし浦嶋神社では元治元年の火災以降その存在が薄れてきており、反面、網野神社においては近代に入り由緒に変化が見られる中で、しわ榎が取り入れられるようになった。ただし、そこには寿命や長寿の神としての性格を読み取ることは難しい。しわ榎は各時代の人々の思惑とともに性格の変化が生じ、現代においては老いへの嘆き、悲しみが表面に出るようになった。この感情の発露については現代の老いや長寿に対する認識との関連性をも考慮に入れなければならないが、紙幅の都合もあり後考に期したい。

【写真 8】京丹後市立郷土資料館
（2022 年 5 月 14 日筆者撮影）

【写真 9】京丹後市立丹後古代の里資料館
（2022 年 5 月 15 日筆者撮影）

注

(1)京都新聞社編『台風23号禍―被災地の記録―』二〇〇五年、植村善博『台風二三号災害と水害環境―二〇〇四年京都府丹後地方の事例―』海青社、二〇〇五年等参照

(2)「しわ榎」の表記は史料により様々であることから、引用文以外を「しわ榎」で統一することとした。

(3)京丹後市役所発行『広報きょうたんご』vol.8、二〇〇四年一一月号、一五頁

(4)前掲注(3)

(5)京丹後市役所発行『広報きょうたんご』vol.27、二〇〇六年六月号、一六頁。京丹後市役所発行『広報きょうたんご』vol.38、二〇〇七年五月号、一八頁

(6)木下幸吉編『丹後郷土史料集』第一輯、龍灯社出版部、一九三八年、二九八頁

(7)前掲注(6)三〇一〜三〇二頁

(8)中野玄三「社寺縁起絵論」(『日本仏教絵画研究』法蔵館、一九八二年、三九三頁初出は奈良国立博物館編『社寺縁起絵』一九七五年)

(9)重松明久『浦島子伝』続日本古典全集、現代思潮社、一九八一年、四〇五頁

(10)前掲注(8)三九三頁

(11)前掲注(9)四〇七頁

(12)前掲注(9)四〇七頁

(13)絵巻写真は、小松茂美編日本絵巻大成二二『彦火々出見尊絵巻　浦島明神縁起』中央公論社、一九七九年より転載した。

(14)小松茂美「「浦島明神縁起」再生」前掲注(13)一二四頁

(15)前掲注(13)六八、七〇、七一頁

(16)中野玄三「宇良神社本『浦嶋明神縁起』について」『続々日本仏教美術史研究』思文閣出版、二〇〇八年(初出『嵯峨

美術短期大学紀要』一四号、一九八九年）
（17）京都府教育庁指導部文化財保護課編『京都の文化財』第一七集、一九九九年、一三頁
（18）木下幸吉編『丹後郷土史料集』第二輯、龍灯社出版部、一九四〇年、二九三頁
（19）永浜宇平・橋本信治郎・小室萬吉編『丹後史料叢書』第一輯、一九二七年、一二八頁
（20）前掲注（6）三一一頁
（21）前掲注（19）二六九頁
（22）永浜宇平・橋本信治郎・小室萬吉編『丹後史料叢書』第四輯、一九二七年、一四七頁
（23）『丹哥府志』来迎寺の項には「開基聖徳太子、浦島の本社寺と檐を齊ふす、よつて宮殿楼閣相並びて記す」、また「浦島社」の項に「本社東の方に並びて寺の本堂あり」とある。（前掲注（6）二九八頁）
（24）「日本九峰修業日記」（『日本庶民生活史料集成』第二巻、三一書房、一九六九年、九一～九二頁）
（25）赤田光男「神樹と植栽」（『中世都市の歳時記と宗教民俗』法蔵館、二〇二〇年、三八一～三八二頁、初出は『奈良学研究』第一七号、二〇一五年）
（26）日本古典文学大系『歌論集 能楽論集』岩波書店、一九六一年、五二頁
（27）三浦祐介『浦島太郎の文学史』五柳書院、一九八九年、一八七頁
（28）田中允編『未刊謡曲集』続一八、古典文庫第五九三冊、一九九六年、四二一頁
（29）小室万吉編『天橋立集』天橋立集刊行後援会、一九三八年、七七～七八頁
（30）林晃平「浦島寺略縁起の変貌をめぐり」（『苫小牧駒澤大学紀要』創刊号、一九九九年）
（31）京都府立京都学・歴彩館蔵京都府行政文書、明一五-〇〇三二「明治一五年人民指令」
（32）京都府立京都学・歴彩館蔵京都府行政文書、明一八-〇〇四二「丹波五郡、丹後社寺明細帳異動書類」
（33）立石憲利『語りによる日本の民話一〇丹後伊根の民話』国土社、一九八八年、一七九頁

(34)立石憲利『京都府伊根町の民話―泉とく子・藤原国蔵の語り―』伊根町発行、二〇一三年、二四一頁

(35)京都府与謝郡役所編『与謝郡誌』一九二三年、下巻一二五四～一二七二頁

(36)前掲注（3）

(37)京都府立京都学・歴彩館蔵「京都府行政文書」明一六-四九-追一『竹埜郡神社明細帳』五四

(38)『旧網野町役場文書〇〇一』（京丹後市立丹後古代の里資料館編『平成二〇年度丹後古代の里資料館コーナー展示2「網野町山古墳の世界」展示解説シート』二〇〇八年）

(39)京都府竹野郡役所編『丹後国竹野郡誌』一九一五年、二二八頁

(40)拙稿「丹後網野神社の祭神と由緒の展開―近世から近代まで―」（畑恵里子編『平成29（2017）～令和2（2020）年度日本学術振興会 科学研究費助成事業 基盤研究（C）課題番号17K02438「舞鶴市糸井文庫蔵浦島伝説関連資料の基礎的研究」研究成果報告書 ―伝説と文学とについての越境論的提言― A Basic Study on Primary Sources related to Urashima Legend in the possession of Itoi Bunko Library in Maizuru City －A Proposal for Cross-border View of Legend and Literature―』二〇二一年、八五～九五頁）

(41)京丹後市中学校社会科副読本作成委員会編『京丹後市の歴史（京丹後市中学校社会科副読本）第七版』二〇二二年、五五頁

二　海の女神・巫女・「めのと」―タメヨリビメの流動的な性について

The Sea Goddess, Shamaness, Erotic Mother: Princess Tamayori and Her Fluid Sexuality

シュミット堀 佐知

一　はじめに

「楽園・異界としての海底世界」というフレーズを聞いた時、日本で生まれ育った人々の多くが、お伽噺と童謡でお馴染みの「浦島太郎」を頭に思い浮かべるであろう。主人公が常世の国を訪問する上代の浦嶋子伝説とは違い、中世・近世の伝説では、浦島太郎は亀に乗って「龍宮城」に行くことになっている。竜宮城は「龍王」としても知られる海底世界の支配者・海神《わたつみ》の宮殿で、その娘が「乙姫」である。龍王とその娘という発想は、『法華経』の「提婆達多品」に見られるように、日本独自のものではない。しかしながら、その外来のモチーフを以て改作されたお伽噺が、人口に膾炙し、現代においても広く愛される背景には、日本列島に住む人々にとって、海は親近感（日常性）と神秘性（非日常性）という、両義的な魅力をもつ空間だからではないだろうか。

日本で編纂された最古の書物である『古事記』『日本書紀』（記紀神話）を見ても、海底世界には、ただの「異郷」以上の意味があるようだ。主人公が異界に流離し、のちに故郷の王として君臨するという物語―折口信夫の用語では「貴種流離譚」―において、オオナムチがたどり着く根堅洲国という地底世界や、ニニギが降臨する高千穂峰と比べると、幻想的な美と生命観に溢れる海中の都は、はるかに好ましい場所として描かれている。異界へのさすらいそのものが、乗り越えるべき試練や禊として機能する他の説話とは異なり、「海幸山幸伝説」の山幸彦（別名ホヲリノミコト・ヒコホホデミノミコト）は、失くした兄の釣り鉤のことも忘れ、海神の娘であるトヨタマビメと三年間の新婚生活を送る。これは、不気味な地底の国や鬱蒼とした山奥とは異なる、海の魅力ならではの展開であろう。

この海幸山幸伝説として知られる物語は、記紀神話の神代から人代への転換期を描くものだ。天つ神・山幸彦と、国つ神・トヨタマビメの婚姻から出産、そしてそれに続く人皇への系譜を説明するという、非常な大切な役割を担う説話なのである。山幸彦とトヨタマビメの間に誕生したウガヤフキアエズは、長じて姨であり、自分の養母でもあるタマヨリビメをめとる。そして、ウガヤフキアエズとタマヨリビメの末子が、のちに神武天皇として即位するのだ。山幸彦の父である天孫ニニギからウガヤフキアエズまで、日向三代の天つ神が、それぞれ国つ神との結婚を繰り返し、そして最後に誕生した御子が初代人皇となって君臨したことの意味は重い。この天つ神と国つ神の「聖婚」に関し、川上順子氏は以下のように解説する。

> 自然を豊饒にし、大地の生産力を増強させる王の呪力は聖婚によって獲得される。聖婚の相手は豊饒力の象徴である国つ神の女である。すなわち天照大神の神座で皇祖神と初穂を共食し、真床覆衾にくるまって臥し、しかる後に葦原中国の王として再誕する天子は、国つ神との聖婚によって大地の豊饒王として完成されるのである。番能邇邇芸命から代々の葦原中国の王たちは、国つ神の代表である山の神女と海の神女をそれぞれ后として聖婚を為すが、ここは聖婚と御生れの同一過程の反復個所である、聖なる御子が生まれ、最後に聖なる御子にして最大の神話的王である神武が誕生する。(1)

この三代に亘る聖婚を物語る神話が、皇祖神による八洲国の統治を表象しており、のちの大和民族による異民族の支配を正当化する言説として機能するのは明らかだ。しかしながら、日向三代説話を、天つ神と国つ神、男性と女性という、二重の従属関係に基づく支配構造としてのみ解釈するべきではない。[2] 軍事力による一方的な征服とは異なり、性愛と生殖による「異類」同士の結びつきは、さまざまな思惑や駆け引きや相手の心理を慮る社会性などが絡んでくる。殊に、ウガヤフキアエズと姨の結婚を、支配として読むことには賛成できない。海族の母をもつウガヤフキアエズが、さらに海族の女性、しかも養母であるタマヨリビメを妻にしたことで、その皇子たる初代人皇に流れる海族の血も愛着も一層強くなる。これは一般的な意味での征服とはまた別の現象ではないだろうか。

また、記紀神話には、イザナギ・イザナミのきょうだい婚を始め、継母・継子婚、オバ・オイ婚、オジ・メイ婚など、特殊な形の結婚が頻出するにも関わらず、国文学の分野では、上代の婚姻形態の分析が、あまり充分ではないように思われる。ウガヤフキアエズとタマヨリビメの結婚を正しく解釈するためには、それが近親婚かつ異世代婚であるという事実を再確認し、また、神代から人代への転換期に、記紀神話が敢えてこの形態の性愛と生殖を描いたことの意味を再考することが、不可欠であると思う。それは、中古・中世のジェンダーとセクシュアリティの問題を考える上でも有効な視点になると思う。

本稿では、先学による功績をふまえつつ、「楽園・異界としての海底世界」を舞台とする海幸山幸伝説を、ジェンダーとセクシュアリティの視点から、とくにタマヨリビメに焦点をあてつつ考察する。海幸山幸伝説を扱った研究は膨大な数に上るものの、タマヨリビメに特化した国文学の研究は皆無に近いと言える。その理由の一つは、海幸山幸伝説に占める姉妹の描写に圧倒的な量と質の差があることだろう。トヨタマビメは、山幸彦が海神宮に到着すると同時に登場し、その後も物語の展開を左右する主要人物である。それに対し、妹は、海幸山幸伝説の終盤まで、その存在すら読者に知らされず、登場してからも、雄弁な姉とは反対に、一度もその発言が記されないのである。

また、海幸山幸伝説を扱った論考の多くが、実は『源氏物語』研究の一環であるという事情も、妹が注目されない要因になっていると思われる。室町時代の注釈書『花鳥余情』ですでに指摘されているように、光源氏の須磨明石流謫とその顛末は、海幸山幸伝説を下敷きにしており、この二つのテクストを比較考察する一連の研究において、検討材料の多いトヨタマビメとトヨタマビメに対応する人物―明石の君―の比較論考はおのずと豊富になる。それに対し、タマヨリビメは、『源氏物語』のどの人物に対応するのかという時点で、意見が分かれている状態である。さらに言えば、タマヨリビメは独立した一個の人格というよりも、トヨタマビメに付随する存在のように看做されてきたきらいがある。そのため、姉妹を個別に分析する視点が、先行研究には不足していたのではないだろうか。

筆者は中古・中世の擬制家族について調べているうちに、タマヨリビメにたどり着き、この海の女神に関心を抱くようになった。タマヨリビメの不思議な魅力を、一人でも多くの人に知ってもらうことが、拙稿の最大の目的である。

二　海幸山幸伝説と海神の女《むすめ》たち

海幸山幸伝説は、記紀神話の中でも非常によく知られている説話の一つである。『古事記』の本文に加え、『日本書紀』の本文と一書の第一～第四の異伝という、計六篇が存在し、その間には大小の異同が見られるものの、おおまかな流れは以下のようになる。(3)

天つ神兄弟の海幸彦（ホデリノミコト・ホノスソリノミコト）と山幸彦（ホヲリノミコト・ヒコホホデミノミコト）は、ある時、互いの釣鉤と弓矢を交換し、「さち替え」を試みる。しかし、まったく獲物をとることができず、その上、弟は誤って兄の釣鉤を海に落としてしまう。怒った海幸彦は弟を責め、代わりの釣鉤も拒否する。山幸彦が悲嘆にくれていると、海神の使いである翁が現れ、海神宮へと導いてくれる。そこで山幸彦と、海神の姉娘であるトヨタマビメは夫婦となり、三年の月日が流れる。しかし、ある日、山幸彦は失った釣鉤のことを思い起こし、再び悲嘆する。幸い、彼は海神の力で釣鉤を取り戻し、さらに、海神から呪文と潮の満ち引きを操る玉をも得る。葦原中国に帰還した山幸彦は、呪文と玉の呪力を以て、兄を服従させる。その後、臨月を迎えたトヨタマビメが出産のために地上にやって来る。(4) トヨタマビメは、夫に中を覗かないように念を押し、屋根を葺きおわっていない産屋に入って行く。山幸彦が妻の禁止を破って中を覗くと、そこにはワニなどの姿に戻ったトヨタマビメがいた。真の姿を見られたことを恥じたトヨタマビメは、子を渚に残したまま、海神宮に帰ってしまう。そして、妹のタマヨリビメがウガヤフキアエズ（ヒコナギサタケウガヤフキアエズノミコト）と名付けられた皇子を育てる。ウガヤフキアエズは長じてタマヨリビメをめとる。生まれた四人の皇子の末子イハレビコ（カンヤマトイハレビコノミコト）が、のちに初代天子の神武天皇となる。

記紀神話の中で、神代から人代へのつなぎ目となるこのエピソードは、『古事記』上中下の上巻の最後にあたる部分で、『新編日本古典文学全集』（以下「全集」）第一巻の一二四～一三八頁に該当する。全集に所収されている漢文の本文はおよそ一六六〇字であるが、その内訳を概算すると、以下のようになる。

表1：『古事記』「海幸山幸伝説」の内容比率

①	②	③	④	⑤
山幸彦が兄の釣鉤を失くしてから、海神宮に到着するまで	山幸彦とタマヨリビメが結婚し、海神が山幸彦に兄を従属させる手段を伝授するまで	山幸彦が葦原中国（地上）に戻り、海幸彦を服従させるまで	トヨタマビメが出産のために地上を訪れ、本来の姿を夫に見られたことを恥じて海神宮に戻り、山幸彦と歌を交わすまで	ウガヤフキアエズがタマヨリビメをめとり、四人の皇子が誕生するまで
三四〇字	五八〇字	二四〇字	三八〇字	一二〇字
二〇・四三％	三四・九三％	一四・四五％	二二・八九％	七・二二％

内容を五段階に分け、単純に文字数で換算すると、上位二位は山幸彦とトヨタマビメの結婚と出産に関わる部分と冒頭の兄弟喧嘩の部分で、次が兄弟喧嘩の顛末（山幸彦の勝利）であり、もっとも短いのが、ウガヤフキアエズとタマヨリビメの結婚と出産に関する記述である。つまり、この説話がもっとも紙面を割いて説明しているのは、天つ神と国つ神の姻戚関係にまつわる事柄であり、その記述は、同時に天武天皇の血統を明示するという役割も担っている。

表1からも分かるように、ウガヤフキアエズとタマヨリビメの婚姻に関する内容は非常に簡略化されており、二人が結婚に至るまでの背景や心理描写は記されない。『古事記』の海幸山幸伝説の中で、タマヨリビメが言及されるのはたったの二か所で、最初の文は、トヨタマビメが山幸彦を恨めしく思うものの、「恋心」を抑えられず、タマヨリビメに御子を養育させることに託して、夫への歌を届けさせたことを説明するものである（然後者、雖恨其伺情、不忍恋心、因治養其御子之縁、附其弟玉依毘売而、献歌之）。次は、ウガヤフキアエズが姨をめとったということと、誕生した皇子たちの名前が記される文（是天津日高日子波限建鵜葺草葺不合命、娶其姨玉依毘売命、生御子名、五瀬命。次、稲氷命。次、御毛沼命。次、若御毛沼命、亦名、豊御毛沼命、亦名、神倭伊波礼毘売命。四柱）である。

ウガヤフキアエズとタマヨリビメの結婚に関する情報の少なさについて、全集の頭注は、「日向三代の最期、鵜葺草葺不合命については、系譜的記述しかない。天降ってきて、三代の間に山の神・海の神との結婚を重ねて呪能の増幅を果たしたことを、神倭伊波礼毘古（神武天皇）のために、系譜のうえに確認するだけでよいからである」と解説し、さらに「玉依毘売との結婚によって海神とのつながりはいっそう確かにされる」とつけ加えている[(5)]。

『古事記』の十倍の長さをもつ『日本書紀』（全三十巻）においても、海幸山幸伝説は神代下の最後に位置し、第十段と第十一段の本書と一書の第一から第四までにあたる（「全集」第二巻『日本書紀 一』一五五～一八九頁）[(6)]。

次に、六篇のテクストがタマヨリビメに言及している部分を大まかに比較する。表2は『古事記』と『日本書紀』の本文・異伝におけるタマヨリビメに関係のある記述をまとめたものである。

表2：記紀神話の「海幸山幸伝説」におけるタマヨリビメへの言及（第十段）

	Ⅰ 『記』	Ⅱ 『紀』本文	Ⅲ 『紀』第一の一書	Ⅳ 『紀』第二の一書	Ⅴ 『紀』第三の一書	Ⅵ 『紀』第四の一書
姉が妹を伴って地上に来たことへの言及	なし	あり	間接的にあり（「留其女弟玉依姫、持養兒焉」）	＊トヨタマビメの出産は描かれない	あり	なし
姉が、妹と一緒に海神宮に戻って来たのちに、妹を再度地上に送ったことへの言及	あり	なし	＊タマヨリビメは海神宮に戻らない		あり	あり
妹がウガヤフキアエズを育てたことへの言及	なし	なし	あり		あり	あり

松岡智之氏は、これら六種の異伝を詳細に比較した上で、『日本書紀』本文で「豊玉姫が妹玉依姫を連れてくるが、養育者となったことが明確でない」とし、ゆえにタマヨリビメの役割を「流動的」と看做している。[7] しかしながら、記紀神話に収められている、同じエピソードの異伝を比較考察する際、それらに異なる内容が明記されている場合と、一方に書かれていることが他方では省略されている場合では、解釈を変えるべきではないだろうか。情報の相違と、情報の有無は、同列に扱えない問題である。

例えば、『日本書紀』の本文（Ⅱ）と第三の一書（Ⅴ）は、トヨタマビメが出産のために葦原中国にやって来た時に、妹を同伴していたことを明記するが、他の四篇は明記していない。しかし、第一の一書（Ⅲ）には、トヨタマビメが「其の女弟玉依姫を陸に留め」て、単身で帰郷したことが説明されているので、本文（Ⅱ）第三の一書（Ⅴ）と同様に、タマヨリビメが姉とともに地上に来ていたことが分かる。それ以外の三種の異伝（Ⅰ・Ⅳ・Ⅵ）も、トヨタマビメが妹を連れてきたとは書かれていないからと言って、姉が一人で地上に来たとは考えられない。まず、架空の人物とは言え、トヨタマビメは女性であり、しかも竜王の娘であるので、一人旅は不自然である。それだけでなく、やはり、同じ話の異伝が六篇もあるため、書かなくても分かることは、書かないのであろう。

さらに証拠をあげるとするなら、第二の一書（Ⅴ）の第十段は、兄弟喧嘩の顛末を述べたところで終わってしまうにも関わらず、続く第十一段では、ウガヤフキアエズとタマヨリビメの皇子たちの出生順を記している。松岡氏が問題にしている『紀』本文（Ⅱ）も、トヨタマビメが帰郷したところで、山幸彦の崩御に跳んでしまうのだが、十一段では姨甥婚のことが語られる。つまり、省略部分は、異伝で補うという法則が見て取れる。逆に言えば、異伝が他によって補完できない重要な内容を伝えようとするならば、その情報は省略されないはずである。情報の相違と有無は、混同してはいけないように思う。

六種の海幸山幸神話には、情報の異同と有無が存在する。しかし、臨月のトヨタマビメが、妹を伴って葦原中国に到着し、山幸彦と離縁したのちに、タマヨリビメがウガヤフキアエズの養母となり、山幸彦の崩御のあと、二人は結婚し、四柱の皇子を生む、という基本的な部分は共通であると思われる。

三　山幸彦・トヨタマビメ・タマヨリビメの関係

先述したように、海幸山幸伝説のタマヨリビメを扱った国文学研究が僅少である理由として、（1）記紀神話における、タマヨリビメに関する記述自体が非常に限られている、（2）『源氏物語』との関連付けが難しい、（3）トヨタマビメ・タマヨリビメ姉妹を一心同体と見ている可能性がある、の三点を挙げた。（1）の情報が少ないという点は、テクストを見れば一目瞭然であるが、（2）と（3）に関して提出された主要な見解をここで振り返ってみたいと思う。

海幸山幸伝説と『源氏物語』の「明石一族物語」を総合的に比較した記念碑的論考には、石川徹氏の「光源氏の須磨流謫の構想の源泉について—日本紀の御局新考」があり、石川論に触発されたと見られる比較研究は、枚挙にいとまがない[8]。この一連の比較論において、山幸彦が光源氏、トヨタマビメが明石の君に対応するという見方は、ほぼ一致している。しかし、タマヨリビメに関しては確固とした定説のようなものはなく、石川氏はあくまで消極的に、タマヨリビメと紫の上を結びつける。

この辺では、源氏物語は必ずしも古伝承のままに従っていないが、明石の上がその生んだ明石姫を紫の上に渡して養育してもらうという形にそれは残存している。竜宮城説話を通観すると、乙姫様というのは元来、弟姫で、妹であり、当然姉姫がいる。しかるに一般の浦島太郎の話では竜王の独り娘になっている。しかも名は乙姫である。まるで姉姫は死んでしまったようであるが、こうした変型の方が、後には優勢になったらしい。だから、源氏物語においても、作者は浦島説話の方に拠り明石の上は独り娘という事にし、玉依姫の要は、京の紫の上に変えたのであろう[9]。

これに対し、木船重昭氏は、「豊玉姫の妹で鸕鷀草葺不合尊を養育し、後にその妃となって正統に組み入れられた玉依姫に変型対応するのは、石川氏説では紫上とされるが、乳母にかすかな残影を留むのみ」と、石川論を否定している[10]。また、日向三代神話と『源氏物語』の比較研究では、紫の上をタマヨリビメではなく、コノハナサクヤビメに対応させる論考も多い。

（3）の女神姉妹の比較研究に関しては、山の女神であるコノハナサクヤビメと姉のイハナガヒメのように、美醜という明確な非対称性を表す姉妹と比べて、海の女神トヨタマビメ・タマヨリビメは似通った存在であるという印象を、読む者に与えているのではないだろうか。例えば、田中貴子氏は、この二組の姉妹に関し、以下のように述べている。

この姉妹は天皇の養育に関して相互補完的な役目を果たしていた。豊玉姫が夫に出産を覗き見られ海に帰ったとき、代わりにその妹のタマヨリヒメがやってきて幼子を育て、長じた後その子と結婚する、というのが大筋である。玉依姫は、天孫族の子孫を絶やさないという姉のし残した仕事を遂行するために登場したわけである。行動が単一の目的に規制されているという意味でいえば、海神姉妹は例え《ママ》身体が二つに分離していても統一された人格と見做せよう。（中略）海神姉妹が心身の両面にわたって完璧な一致をみているのに対し、山神姉妹は美醜という外貌上の大きな相違点があり、このことが目的達成［皇孫の長寿繁栄］を阻む要因となっている。(11)

『源氏物語』の古注釈から現代の国文学者まで、山幸彦から神武帝までの系譜に関しては、見識に富んださまざまな論考が提出されているが、トヨタマビメが婚姻を破棄したため、妹を自分の代理にして皇子を育てさせた、という部分においては研究者の見解は一致しているようだ。しかしながら、この解釈には修正が必要であると思う。トヨタマビメの出産に臨み、妹は当初から葦原中国にやって来ており、その目的は、姉の付添としてだけではない。家族史研究家の布村一夫氏が指摘しているように、山幸彦は海神宮にて姉妹双方をめとったと考えられ、タマヨリビメは副妻として姉に同伴して地上にやって来たのであろう。(12)

一人の男性が、同腹の姉妹を妻にする形態の婚姻を、文化人類学用語でソロレート婚と言う。『日本大百科全書』の「ソロレート婚」の項目は、文化人類学者・船曳建夫氏によって、以下のように解説されている。

男が自分の妻が死んだのち、その妻の姉妹、多くの場合妹を、その妻とする結婚の形態。姉妹逆縁婚と訳される。北アメリカのインディアンに多くみられる。この語は、夫が死んだのち、夫の兄弟と再婚するレビレート婚と対《つい》になっており、いずれも、成立した婚姻を、夫婦の一方の死によって消滅させることなく、継続させるために行うものである。そして、夫婦が、次世代の出産・養育の過程をまだ終了していない時点でその妻が死んだ際に行われるところに、意味があると考えられる。このソロレート婚によって、一方において、夫の親族集団の系統の絶えるのが防がれ、また一方においては、夫の側と妻の側の親族集団の姻縁関係が消滅することが防がれる。ソロレート婚と似た形態で、姉妹を同時に妻にする形での複婚がある（ソロレート複婚）。この二つは類似しているようであるが、ソロレート婚のほうは、男は妻が死ぬ、という条件が満たされない限り、その姉妹とは結婚できないという禁止がある点で、ソロレート複婚と興味深い相違がある。(13)

当然、トヨタマビメは亡くなった訳ではなく、自ら夫との婚姻関係を解消したのであるが、妻の不在という意味では、死別・離別どちらにもソロレート婚の枠組みは適応可能である。繰り返しになるが、記紀神話の主要な機能は、皇孫神から天皇家に繋がる血統を提示することである。婚姻・血縁関係に関する詳細は、このテクストの最重要項目であるため、トヨタマビメが夫と皇子を置いて帰郷したことは、重大事件である。若き天つ神は、その後独身を貫いたのであろうか、それとも、テクストには表れない別の女性と再婚したのだろうか。そうではなく、タマヨリビメがウガヤフキアエズの母代になったことの意味を、彼の継母（父の妻）になったと考えるべきではないか。(14)

山幸彦と海の女神たちとの一夫多妻婚は、山幸彦の父である天孫ニニギが、山の神（オオヤマツミ）にソロレート複婚を勧められたことからも分かる。高千穂峰に降臨したニニギが、美しい山の女神コノハサクヤビメに求婚したところ、父の山神は姉のイハナガヒメを添えて、娘たちを差し出した。しかし、ニニギは醜いイハナガヒメを父の元に送り返した。山神が期待していた結果ではなかったとは言え、彼が天孫に娘二人を同時にめとらすという、特権的な形態の婚姻を提案したのは明らかである。（これは、不器量な姉娘をニニギに押し付けたわけではなく、国つ神は天孫への敬意をこめて、美と長寿を約束する娘たちを差し出したのである)。

日向三代の伝承は、バラバラのエピソードとしてではなく、緻密に構想された系譜として存在する。ゆえに、海の神は、はじめから山の神と同様、娘二人を山幸彦に差し出したと読むべきであろう。もっとも、布村氏が指摘しているように、当初はトヨタマビメが嫡妻でタマヨリビメは副妻であり、姉の離婚後に妹が嫡妻に昇格したと考えられる。いわば、「ソロレート婚」と「ソロレート複婚」の中間的な形態の結婚であるようだ。(15)

いずれにせよ、管見では、タマヨリビメが山幸彦の妻であったことは、海幸山幸伝説と明石一族物語の比較研究において、まったく言及されてこなかった視点である。そして、この視点を導入することにより、タマヨリビメも紫の上も、夫の別の妻に誕生した御子を養《ひた》す役割を与えられた妻という繋がりが明らかになる。また、その養い子が長じてさらに生まれた御子が天子となる、という共通点もある。記紀神話における初代天皇の誕生と、臣籍降下された主人公の孫が帝位に返り咲くという、『源氏物語』における神話的な展開の背景には、妻であり養母でもある女性の存在がカギとなっているのだ。

タマヨリビメの妻としての役割は、山幸彦の死後、甥であり継子であるウガヤフキアエズの妻にシフトされる。タマヨリビメが姨・継母・養母として、そして天孫父子の妻として果たした役割を、どのように解釈すればよいのだろう。これは、百パーセント確実な回答を得ることのできない問いではあるものの、その答えを追求する上でのヒントになるものとして、本稿の後半部分では、タマヨリビメと紫の上の性について考えてみたいと思う。

四　性愛・生殖・政治のあわい

『源氏物語』の構想に大きな影響を与えた平安散文文学には、『落窪物語』『住吉物語』『蜻蛉日記』などの作品が挙げられるが、そこには、貴族社会における多産の重要性が如実に描かれている。これは宮廷文学のモチーフにとどまらず、官職に就いていた平安貴族男性たちにとって、娘の結婚と出産は、自分の出世コースや、時には一家の将来を大きく左右しうる契機であり、おのずと親の思惑による政略結婚が盛んになる。もちろん、藤原家の摂関政治体制はその究極たるものだ。

摂関政治の大成功例としてもっとも有名なのが、紫式部が女房として仕えた藤原彰子であることは言うまでもない。けれども、彰子のように、入内・立后・妊娠・男皇子出産・皇子の立坊という、本人の努力では乗り越えられないハードルを次々とクリアし、国母・女院として長きに亘る栄華を手に入れた人物が実在した一方で、『源氏物語』などの宮廷文学が理想とするのは、家同士の政治的結託ではなく、当事者たちが恋愛と求婚のプロセスを経た上での婚姻であることには留意したい。『源氏物語』を例にとると、光源氏と葵の上、桐壺帝と弘徽殿女御、頭中将と右大臣の四の君、薫と女二の宮など、親の政治的意向で結婚した男女は、すれ違いの夫婦になることが多い。かと言って、自由恋愛がすべて称賛されるわけではない。物語に描かれる、親が介入しない性愛には、身分差という障害がつきものである。召人や側室にしかなれない出自の女君は、男君の心変わりの可能性に苦悩したり、男君の妻の敵意に怯えたりすることになる。(16)

宮廷物語の中で、恋愛と結婚が一筋縄ではいかないのと同様に、平安社会における妊娠と出産も、単なる吉事としてだけ考えるわけにはいかない。医学の発達していない前近代では、女性は命がけで出産に臨まなければいけなかった。産婦の命に別条がなくとも、出血を伴う出産は血穢と深く結びついた「忌み」でもある。さらに、無事に子が産まれてからも、血と関わりの深い乳《ち》への忌避観と、育児労働に対する卑賤観がつきまとう。(17)出産と育児には、このような吉凶両極端のイメージが付与されているため、平安貴族社会における理想的な母親像を物語の中で構築するのは、容易いことではない。

紫の上は、物語の中の男女関係につきものの、身分・愛情・政治の板挟み状態を、少なくとも第一部においては回避し、多くの女性たちの中から正妻の地位に就いた特別なヒロインである。[18] 紫の上の父は兵部卿宮であり、血統の高貴さという、後天的に変えられない大前提が付与されている。その一方で、宮の嫡子ではない上に、幼くして生母を失い、祖母に育てられたという、社会的に不利な生い立ちが設定されている。

女性の血筋のよさと社会的な不遇は、物語世界では有利にはたらく組み合わせである。実際、光源氏は、祖母の死後、若紫を養女として二条院に引き取り、そこで貴族女性としての教育を与えた上で妻にする、という不規則な形態の婚姻関係を結ぶことで、無事、彼女を正妻にしたのである。[19] つまり、紫の上は、宮廷物語に散見される「親の選んだ身分の高い女性との政略結婚もしくは身分の低い女性との自由恋愛」という二者択一や、一夫一婦婚という非現実的な設定を退け、身分・愛情・政治すべての面で理想的な妻の座につくことができた、他に例のない女君なのである。

紫の上の女性性が、他の宮廷物語のヒロインと異なるのは、妻としてだけでなく、母としての立場にも当てはまる。生母になるために必要な妊娠と出産というプロセスは、身体的な現象であり、穢れや死の恐怖と隣り合わせであるのは先述した通りである。また、政治的には重要な意味をもつ多産性、一家の女あるじとしての家政的な「母らしさ」は、高貴な女性のイメージとは相いれないものだ。[20]『源氏物語絵巻』の「横笛」帖に採用された、髪を耳挟みにし、着物の前をはだけて、怯えて泣く赤ん坊に乳房を含ませる（授乳のためではない）雲居の雁が、献身的な母の姿ではなく、夕霧との倦怠期を表現するために描かれていることが思い出される。しかしながら、すでに妻としての板挟みを回避した紫の上は、母としての板挟みをも回避するのだ。

紫の上は宮廷物語のヒロインとしては珍しい、結婚後に妊娠を経験しない妻でありながら、夫の別の妻（明石の君）が産んだ姫君の養母として、世間の羨望と尊敬を集める女性なのである。産穢とは無縁のまま、未来の后がねの母となった紫の上は、聖母のような、現世を超越した理想の母親像を体現しているかのようだ。少女時代の紫が、実年齢よりも幼く描かれていることや、[21]彼女が丹精した六条院の庭園が極楽浄土に譬えられていることも、菩薩を彷彿させる紫の上の聖性を構築する上で重要な役割を果たしている。

一方、タマヨリビメの女性性は、柳田国男が指摘しているように、神の霊《たま》を「よりまし」として憑依させ、「神に接近して、神の王子を生む」巫女のそれを象徴している。[22]タマヨリビメの性は、姉・トヨタマビメの性とも対称を成す。海神宮に降臨した「麗しき壮夫《をとこ》」山幸彦を一目見るや「乃ち目合し」[23]、本来の姿を夫に見られると、嫡妻から「元妻」に一八〇度転換するような、主体的かつ固定的なセクシュアリティの持ち主である姉姫とは違い、説話の中で一言も言葉を発さず、山幸彦との副妻から嫡妻、そして養い子であり甥であり継子でもあるウガヤフキアエズの妻へとスライドし、神妻たる巫女の役割を果たすのがタマヨリビメなのである。言うなれば、紫の上もタマヨリビメも、妻・養母としての聖なる性を通じて、皇室の覇権と聖性の再生産に寄与する女性たちなのである。

五　「めのと」としてのタマヨリビメの性

「霊を憑依させる女性」という名をもつタマヨリビメは、神妻であり禊を司る巫女であるとともに、山幸彦の副妻から嫡妻、ウガヤフキアエズの姨・継母から妻へ、そして初代天子の生母へと様々に変化する海の女神、折口信夫が言うところの「水の女」である。[24]穢れを浄化する海の力を秘めた女神は、山幸彦の副妻としてだけでなく、トヨタマビメの産穢を祓う巫女としての役目も負っていたのであろう。相手との関係性によって柔軟にその姿を変化させるタマヨリビメは、後述するように、さらに「めのと」という、同じく折衷的で流動的な役割ともリンクするのである。天子の「めのと」(御乳母)が、歴史的に巫女的な役割を担うことがあったという事実も、タマヨリビメの存在と無関係ではないであろう。[25]

しかしながら、タマヨリビメと「めのと」の繋がりについて論じる以前に、「めのと」とは何か、という基本的な疑問について考えたい。「めのと」をテーマにした研究は数多く出版されていても、吉海直人氏の一連の「乳母《めのと》学」を除いては、「めのと」が何かを教えてくれないのは由々しき問題である。[26] 大半の論考は、この上代から中世日本の上流社会に特化した、職業と擬制家族を折衷したような存在の人々を、あたかも自明の存在と看做しているか、近世以降の「乳母《うば》」や英語の wet nurse と同一視しているようだ。[27]（これは「乳母子《めのとご》」を「乳兄弟《ちきょうだい》」や foster siblings と区別しない傾向にも言える）。

「乳母《めのと》」と「乳母《うば》」が混同されてしまう最大の原因は、共通の漢字で書かれているからであろう。[28] しかし、「乳母」は日本が独自に考案した熟語ではなく、れっきとした中国語（rumu）で、前三世紀ごろ成立した思想書『荀子』にも見られるほど、古くから存在する。これは、大和言葉を漢字表記する際に、似通った意味の中国語を便宜的に当てはめるという用法で、「乳母」は決して「めのと」の定義ではないにも関わらず、あたかも「乳を与える母代りの女性（wet nurse）」という意味に解釈されてきた。しかし、これは正しくない。Wet nurse は「めのと」の一種であっても、ほとんどの「めのと」は wet nurse ではない。「めのと」の多くは養い君の授乳を行うが（身分の高い女性は免除される）、養い君が乳を飲まなくなっても、「めのと」の役割がその後十年二十年続くのは普通のことである。そして、「めのと」は広範囲に亘る象徴的・実務的役割を担う人々なのだ。

シニファンとしての大和言葉と、シニフェ——その語が指示するもの——の輪郭を把握する上で重要なのは語源・用法・表象であって、漢字表記ではない。「めのと」の語源としてもっとも有力なのは「めのおと」（妻の年下のきょうだい）であり、ちょうど山幸彦から見たタマヨリビメを指す。[29] そして、『日本書紀』一書第三によれば、妻とその妹が海に帰ってしまったあとで、山幸彦は、複数の女性に役割分担をさせ、ウガヤフキアエズの世話をさせたが、それが世間で子を「乳母」（ここでは「ちおも」）に預けて養わせるという習慣の由来だという（彦火火出見尊取婦人、為乳母・湯母及飯嚼・湯坐。凡諸部備行、以奉養焉。于時権用他婦、以乳養皇子焉此世取乳母、養児之縁也）。

注意したいのは、全集が「時に、権《かり》に他婦を用ゐ、乳を以ちて皇子を養つる。此、世に乳母《ちおも》を取りて、児を養す縁なりといふ」（『全集』第二巻『日本書紀 二』一七九〜一八〇頁）という部分に「『権』は臨時の処置、間に合わせの意。本来なら生母の豊玉姫が育てるべきなのに海に帰ってしまったため、仮に妹の玉依姫が養育にあたったことをいう」という頭注を施していることである。しかしながら、一書第三は姉妹が二人で地上に来て、二人で海神宮に戻り、のちにタマヨリビメのみが送り返された、とする異伝なので、この「他婦人」はタマヨリビメのことではない。それ以前に、この時点では子のいないタマヨリビメが「乳を以ちて」ウガヤフキアエズを養うことはできないであろう。

この部分は、タマヨリビメに関する記述ではなく、①皇子・皇女に仕えた、乳部《みぶべ》（のちに壬生部《みぶべ》）と呼ばれる職能集団の起源と、②皇室において、乳部に属さない女性（他婦人）を時に起用したことが、皇族以外の人々の間でも「ちおも」に子を養わせる習慣の元になった、という二点を解説しているのであろう。おそらく、「めのと」という語は、海幸山幸伝説のタマヨリビメを遡及的にイメージして作られた言葉であり、『日本書紀』の神代部が編纂された時点では、まだ存在していなかったのだと思われる。

ちなみに、「乳母」という熟語が『日本書紀』に現れるのは二か所で、今ちょうど見てきたように、巻第十では「ちおも」と訓まれているが、巻第十五では「めのと」という訓が付けられている。そして『萬葉集』に一件ある例（一二九二五）では、「おも」と訓むことになっている（『古事記』は「乳母」の用例なし）[30]。「おも」は子を養育する女性のことで、生母または wet nurse を指す。言い換えれば、口語としては血のつながりの有無を問題にしていなかった「おも」という和語は、漢字で表記する際、中国語を模した「母・乳母」の区別が施される場合があったということだ[31]。「ちおも」という、海幸山幸伝説だけに現れる訓は、八世紀当時、口語として使われていた言葉なのだろうか。その可能性が無いと断定はできないものの、これ以外に一次資料の用例が確認できないため、「ゆおも」と対比するために作られた、一回性の造語である可能性も否定できない[32]。

確実に言えるのは、子を養育する女性と生母を表した「おも」という上代語が、徐々に「はは」と「めのと」に分化し、「おも」自体は平安以前に廃れてしまったことである。その契機となった要因としては、生母と養育者を口語のレベルで明確することが、社会的に重要視されるようになったことが想像できる。しかしながら、それだけが目的であれば、「はは」と「ちおも」でも可能だったはずである。なぜ、「ちおも」が定着せず、「めのと」（妻の年下のきょうだい）などという特殊な語が他の類義語を斥け、上代から近世初期までの約千年間、日常的に使われ続けたのであろうか。

「ちおも」は中国語の rumu の和訳とも言える言葉である。和語の意味と漢字表記が完全に合致することで、シニフェは限定的で固定的なものになり、現実との乖離という問題が生じる。また、「ちおも」は親族名称のような語であり、皇室の官職名としては不適切だったのだろう。それに対し、タマヨリビメがインスピレーションとなった「めのと」という語は、まさにタマヨリビメのような多面性をもつ、「めのと」という職掌に適した名称である。逆に言えば、このように意味が曖昧な語だったからこそ、やがて男性にも用いられ、「乳母子」という、中国には存在しない概念を派生するほどの自由な発展を遂げたのであろう（「ちおも子」という職掌が生まれたり、男性が「ちおも」と呼ばれたりすることは考えにくい）。

子の養育係が「ちおも」ではなく、「めのと」として定着したもう一つの理由はセクシュアリティの問題である。つまり、「めのと」はタマヨリビメのように、流動的な性を以て男性に奉仕した女性たちで、その意味でも（母のイメージが強い）「ちおも」では不適切だったと考えられる。貴族男性が、召人―性愛関係にある女房―を自分の子や孫の「めのと」に任じたことを示す記録は史料に散見され、先行研究でも指摘されている。[33] また、養い君が男子である場合、めのとが添臥《そいぶし》になるという慣習もあったことが知られている。[34]

養育係の女性たちは、幼い養い君の世話を提供する擬制的な母だけにとどまらず、長期に亘る家同士の政治的・感情的・性的結びつきを作り出す、家長にとっての擬制的な妻という側面も持ち合わせていたのだ。「めのと」は、山幸彦から見た副妻タマヨリビメのことであり、擬制的妻たる召人を呼ぶにふさわしい語であると言える。「めのと」が内包する性的な側面は、物語を読んでいるだけでは、なかなか見えてこない。それは、物語に登場する「めのと」たちが、主人公を含め、結婚適齢期の人物の親世代にあたる女性たちだからである。そのような妙齢の脇役女性の性愛関係は、物語にとって必要のない要素なので、描かれないのは当然と言えよう。しかしながら、『源氏物語』において、唯一例外がある。それは、明石にいる姫君のために、源氏が自ら「めのと」として選んだ女性、宣旨の女《むすめ》が明石に出発する当日、彼女の住処に内密に出かけて行き、恋人であるかのような戯言・戯歌を交わす場面である。研究者の間では、この後、情交が成立したとする意見と、それを否定する意見が存在する。私見では、血筋はいいが経済的に困窮した女性の住むあばら家に、源氏のような人物がわざわざ出かけて行くことや、語り手が女性の美しさや源氏の戯言を強調することは、直後に性交渉があったことを示唆するためである。「めのと」という、馴染み深いようで決して型にはめることのできない女性たちは、タマヨリビメのような多面的な顔と、柔軟な性を内包した存在なのである。

六　おわりに

本稿は、海の女神タマヨリビメを、ジェンダーとセクシュアリティの面から考察したものである。タマヨリビメの登場する、海幸山幸伝説そのものに関する研究は豊富であり、とくに『源氏物語』第一部の構造を築いたという事情により、明石一族の物語と頻繁に比較され、さまざまに論じられてきた。しかしながら、本稿では、新たにソロレート婚という視点を導入し、タマヨリビメのはらむ巫女（神妻）と「めのと」としての流動的な性的役割に焦点を当てることにした。トヨタマビメが帰郷したあとのタマヨリビメを、山幸彦の嫡妻ととらえ直して海幸山幸伝説を再考することで、紫の上とタマヨリビメのつながりが、一層明らかになったと思う。

二代に亘る天つ神に妻として奉仕し、初代天皇を産み育てたタマヨリビメと、一生に一人の男性だけを愛し、妊娠・出産を経ることなく未来の国母を育てた紫の上は、それぞれ聖なる性を体現する女性であった。

この小論は、現在取り組んでいる、擬制家族をテーマにした研究の中で、「異界・楽園としての海底世界」と関わりのある部分をさらに掘り下げてみたものである。古典文学研究には、さまざまな制限と試行錯誤がつきものであるが、神の世という想像上の歴史と世界観を上代の日本語で、しかも漢字だけで表している記紀神話を研究することの難しさは、言葉では言い尽くせない。しかしながら、このような回り道をすることによって、擬制家族についての新しい発見に出遭う幸運にも恵まれた。本企画を提案して下さった畑氏に、あらためて感謝の念を表明したい。

注

(1)川上順子「豊玉毘売の一考察」『日本文学』第二二号(一九七三年)四九〜五〇頁。

(2)松村武雄『日本神話の研究』第一巻(培風館、一九五八年)九三〜九四頁、東原伸明『物語文学史の論理：語り・言説・引用』(新典社、二〇〇〇年)二三頁など。この視点は、「海幸山幸神話」と『源氏物語』の「明石一族物語」を比較分析する多くの先行研究にも継承されている(平沢竜介「『源氏物語』と『古事記』日向神話―潜在王権の基軸」『古代中世文学論考』第一五集【新典社、二〇〇五年】三九〜四〇、四七、五四頁など)。

(3)煩雑さを避けるため、神の名前は『日本神話事典』(大和書房、一九九七年)の「海幸山幸神話」の項目に倣い、海幸彦・山幸彦・トヨタマビメ・タマヨリビメに統一する。原文・訓読・現代語訳・注釈は小学館『新編日本古典文学全集』などを参照されたい。

(4)中山太郎によれば、古代日本において、夫婦は夫が妻の生家に通う形で始まり、子どもができると妻が夫の提供する住居で同棲することが多かったと言う（「待孕婚」）。山幸彦とトヨタマビメの例にも当てはまる形態の結婚である。中山太郎『日本婚姻史』（春陽堂、一九二八年）二六一頁参照。

（5）一三七頁。

（6）『日本書紀』に所収された海幸山幸伝説の本書と一書の比較は、太田善麿「神代紀「海宮遊行章」考」『日本學士院紀要』第一三号（一九五六年）、一三七～一四八頁などを参照。

（7）松岡智之「海宮遊行神話と明石物語」『国語と国文学』第九一号、六〇～六一頁。

（8）石川徹『平安時代物語文学論』（笠間書院、一九七九年）二六七～二九〇頁。

（9）同上、二七六頁。

（10）木船重昭「母子離別」『講座 源氏物語の世界 第四集 澪標巻～朝顔巻』（有斐閣、一九八〇年）一六八頁。

（11）田中貴子「姉妹神の周辺―竜女・吉祥天・弁財天をめぐって」『日本文学』第三九巻五号、七一～七二頁。

（12）布村一夫『日本神話学―神がみの結婚』（むぎ書房、一九七三年）一六頁。

（13）『日本大百科全書』（小学館、一九九四年）。

（14）山幸彦とタマヨリビメを夫婦とすることで、タマヨリビメとウガヤフキアエズの婚姻を姨甥婚であるだけでなく、継母・継子婚と捉えることになる。継母と継子の婚姻は他にもタギシミミとイスケヨリビメ、ワカヤマトネコヒヒとイカガシコメなどが見られる。

（15）記紀神話に現れる天皇で姉妹をめとるのは他にも垂仁帝、応仁帝、允恭帝、天智帝などが挙げられる。

（16）Sachi Schmidt-Hori, *Tales of Idolized Boys: Male-Male Love in Medieval Buddhist Narratives* (Honolulu: University of Hawai'i Press, 2021), 75.

（17）加藤美恵子『日本中世の母性と穢れ観』（塙書房、二〇一二年）。

（18）『落窪物語』『住吉物語』は、主人公が少々非現実的な感のある一夫一婦婚をする。『落窪』は婚姻が成立し、軌道に乗ってからは、物語の主題は継母への報復に向かい、鎌倉期の改作である『住吉』は、結婚・妊娠・出産と女君の父親の再会を以て完結する。

(19)胡潔『平安貴族の婚姻慣習と源氏物語』(風間書房、二〇〇一年)三四三～三六六頁。

(20)池田節子「『源氏物語』の母覚書―「母」の呼称」『物語研究』第三号(二〇〇三年)五八～六七頁。

(21)藤井貞和『物語の結婚』(創樹社、一九八五年)一一～一九頁。

(22)柳田国男『妹の力』(創元社、一九四〇年)九〇～九一頁。

(23)『全集』の『古事記』頭注⑫(八〇頁)は「従来『目合』をマグハヒと読んできたが、マグハヒは性交を意味する語で、この文脈に不適」とし、本文(一二九頁)では「目合し」を「めあはせし」と訓ませているが、「めあはせ」の例は上代にはなく、「まぐはひ」が正しいと思われる。布村一夫は「目合し《まぐはひ》」の部分に関し、山幸彦がトヨタマビメと「両性の合意にもとづいて交合した。そのあと彼女は父ワタツミノカミにしらせ、そこで三年のあいだ彼と生活をともにする。【中略】これはまた妻のところで婚姻をつづけるマトリ・ローカル・マリッジとよばれるものである」と解説している(『神がみの結婚』一四～一五頁)。

(24)折口信夫『折口信夫全集』第一巻(中央公論社、一九九五年)八七頁。

(25)竹田誠子「住吉詣における明石君登場の意義」『中古文学』第四九号(一九九二年)二一～二二頁。

(26)吉海氏の一連の「乳母学」の研究には、単著『平安朝の乳母達―「源氏物語」への階梯』(世界思想社、一九九七年)、『乳母の基礎的研究―平安朝文学の視覚』(影月堂文庫、二〇〇一年)、『源氏物語の乳母学―乳母のいる風景を読む』(世界思想社、二〇〇八年)等、多数の論考がある。

(27)「うば」は給与と引き換えに授乳を含む育児を行う女性、という意味が強く、職業名だと言えるが、「めのと」は純粋な職業というよりは、家同士が結ぶ擬制家族関係の中心になる人々である。また、「めのと」の役割の中で、授乳の重要性は相対化されているので、初めから授乳を免除されている高貴な「めのと」や男性の「めのと」も存在する。

(28)中国語の rumu と結びつけられた和語は他にも「ちおも」「まま」などがある。「めのと」を漢字表記する際、「乳母」以外に「傅」「嫡母」「乳人」「乳父」「乳夫」などが用いられる場合もある。現代中国語でも wet nurse の意味で「乳母」「嬭(奶)母」「嬭媽(奶妈)」が使用されるが、いずれも字義的には milk mother を指す。漢字の表記は写本や活字本を編纂する段階で、編者の意向で改められることが多く、漢字表記の時代的変遷や使い分けの規則などを正確に把握するのは容易ではない。

(29)『国語大辞典』によれば、「めのと」の語源としては、①メノオト(妻弟・妻妹)の義〔万葉代匠記・日本釈名・俚言集覧・箋注和名抄・言元梯・俗語考・和訓栞・大言海・日本語源=賀茂百樹・話の大事典=日置昌一・日本文学史ノート=折口信夫〕、②メヌトの義。メヌトはモテ、ナス、チゴの反〔名語記〕、③タラチメノ代リノヒトの義〔和句解〕が示唆されている。管見では、②③は①と比べて説得力に欠ける。

(30)「全集」第八巻『萬葉集 三』三一一頁。

(31)現代でも、「きょうだい」を「兄弟」「兄妹」「姉弟」、「おじ」を「伯父」「叔父」「小父」のように、口語では区別しない情報を、中国語に倣って漢字で表現することがある。

(32)「湯母」という職掌は中国の文献には見当たらず、日本の文献においても『日本書紀』以外には用例が見つけられなかったので、「ちおも」「ゆおも」がともに一回性の語彙である可能性は否めない。

(33)木村朗子『乳房はだれのものか―日本中世物語にみる性と権力』(新曜社、二〇〇九年)五一~八九頁。

(34)横尾豊『平安時代の後宮生活』(柏書房、一九七六年)九一~九四頁

三　海と森とをつなぐ琥珀の輝き

The Shine of Amber connecting the sea to the forest

園山　千里

一　はじめに～バルト海の琥珀から～

日本は島国であるからと人が言う時、それはどのような意味があるだろうか。まわりを海で囲まれているので簡単に侵入することはできない。海によって守られている。もしくは閉鎖的になる。いろいろ考えられるが、日本が島国だからといって安全であることはどの時代もなかった。いつの年代にも船での入国は可能であった。最近では近隣国からミサイルも飛んでくるようになった。海に守られるというのは幻想であるのではないかと思う日々である。また、時に海は津波や海陸風によって人々の生活を脅かす。自然界の厳しさを突きつける海は、一方で私たちに恵をもたらすものでもある。人間にとって必要不可欠な自然界である海を中心に考えていきたい。

今回、「海洋文化としての伝説・楽園・異界」がテーマであると聞いた時、私の頭に浮かんだのは日本の海ではなく、ヨーロッパ、特にバルト海だった。長らくポーランドに住んでいた私にとってポーランドは第二の故郷である。そのポーランドの「ポーラ」は平原という意味があるように、高い山脈がない国で隣国にはドイツ・チェコ・スロバキア・ウクライナ・ベラルーシ・リトアニア・ロシアの飛び地があり、そしてポーランドが海に面しているのは国土の北側で、バルト海といわれる。北ヨーロッパに位置する地中海であるバルト海沿岸では良質の琥珀が取れることで有名である。

琥珀とは以下のように辞書では定義される。

①植物の樹脂が化石となったもの。黄褐色ないし黄色で樹脂光沢があり、透明ないし半透明。保存状態の良い昆虫化石が含まれることもある。比重は1,096、硬度2～2.5。炭層に伴って産出する。良質のものは飾り石となる。くはく。赤玉。②「琥珀織り」「琥珀色」などの略。(1)

つまり、植物の樹脂であることが理解できるのであるが、海から流れて来る琥珀はどこからやって来たのだろうか。現在海であるところは三千万年前の太古の昔、海ではなく大森林であった場所であった。樹木が倒壊し、植物の樹脂に虫や植物が混入して地層に埋もれた。その後、かつての森は海底深く沈み、樹脂も琥珀となって地層の奥深くに沈む。その後、長い年月を経て地球に氷河期が訪れる。気候が変化して、地中に埋まった琥珀が海底から汲みだされ、海水に流れ出て、沿岸で琥珀が採取できるようになるのである。バルト海だけでなく、世界中に琥珀の産地はみられ、琥珀は加工されて美しい装飾品となって人々を魅了している。(2)

この琥珀をテーマに海洋文化について考えていくのはどうかと考えた。その理由は二点ある。第一に、琥珀はバルト海だけでなく、様々な国で採取できる。海は極域から赤道付近まで水でもって広がって、海流を通じて繋がりあう世界であり、その環境に琥珀という共通項がみられるのは興味深い。日本でもいくつかの箇所に琥珀の産地があるが、特に岩手県久慈市の琥珀が有名である。(3) このように世界をまたぐ海との関連を琥珀という観点からみていくことで、海洋文化について何らかの発見ができると考えた。第二に、琥珀そのものに着目するのではなく、琥珀を題材とした文学からみていくことを思い立った。その際に注目したいのが、太古の昔の森の樹々の樹脂が固まったのが琥珀であるということである。

２０２２年に『ジェラシック・ワールド新たなる支配者』が公開された。その第一回の作品である『ジェラシック・パーク』(4)には、琥珀に閉じ込められた蚊のDNAから恐竜を復活させるという場面がみられる。恐竜が地球で暮らしていた時代、恐竜の血を吸った蚊が樹液の中に閉じ込められ、化石となって現存する。そして、その琥珀から新たに恐竜を再生させる、という物語展開である。現実的に、何千年前の蚊のDNAから復活させるということが可能かどうかはわからないが、虫や植物が混入された琥珀は今でも価値が高く、私たちが知らない時代をのぞき込める神秘を感じられよう。その琥珀が文学に表現されるとき、どのような表象となって表現されるのであろうか。「封じ込められる」というのが重要な視点になると考えている。

虫などを一瞬で閉じ込めて、形を維持したまま残り続けることは、神秘性を感じるだけでなく、かつての思い出が何らかの要因によって封じ込められ、静かに時を待つことを意味することにもなる。また、『ジェラシック・パーク』の思考からいくと、それらが再生することも可能であるとみられるのである。

琥珀が登場する作品はいくつかあるのだが(5)、今回は琥珀に関する文学として、ポーランドの伝説「バルト海の女王」、大庭みな子『炎える琥珀』、オウィディウス『変身物語』、ポーランドに古くから伝わる琥珀の話を考察していく。

二　漁師を愛した女王ユラタの悲劇

バルト海は北ヨーロッパに位置する地中海で、北部にはグダンスクという街がある。先に述べたように良質の琥珀が採れることが有名で、色と模様も様々である。「琥珀色」(6)という名称があるように、日本に住んでいた時は琥珀とは黄褐色であるものがほとんどであると思っていた。しかし、現地では赤や緑、茶色がかった琥珀があり、そのバラエティーの多さに驚いた。美術品としての価値も高く、博物館や美術館では美しい装飾の琥珀を多くの箇所でみる機会に恵まれた。(7)

グダンスク地方はバルト海に面している地域であることから、琥珀が採れるのは理解できる。しかし、クルピェ地方というバルト海から数百キロ離れたところでも、琥珀の首飾りが伝統工芸として有名である。マゾフシェ県（ポーランドの首都であるワルシャワがある県）の東北に位置するクルピェ地方は森林地帯で、林業、狩猟、養蜂、そして琥珀などで生業をしてきた町である。海から森へと琥珀が運ばれて、伝統工芸として現在でも伝わっていることは興味深い。

さて、バルト海を舞台とする話をひとつ紹介したい。「バルト海の女王(8)」は、海底に宮殿を持つ女王ユラタの話である。ある日、ユラタは女神たちを集めて宴会を催し、魚を大量に獲っている漁師のカスティリスをおびき寄せ、殺害することを計画する。琥珀の小舟に乗り込んだ女神たちは、以下のような歌声で漁師を呼び寄せる。

おお、美しく若い漁師よ、
仕事を捨て、舟においで。
ここにあるのはとこしえの踊りと宴、
わたしたちの歌がおまえの悩みをまぎらわしてくれよう。

わたしたちがおまえを神にしよう、
おまえがわたしたちとともに暮らすかぎり。

わたしたちの間でおまえは海の主人、
そしてわたしたちのいとしい人になるのよ。(9)

美声で男性を誘惑する人魚伝説とも似ていよう。(10) ここで注目したいのは、「わたしたちがおまえを神にしよう」という言葉である。そして、カスティリスは「海の主人」になるという。漁猟をおこなうカスティリスを殺害するために、海のすべてをあなたに委ねようという計略にかける。カスティリスにとってこれほど魅力的な言葉はないだろう。案の定、カスティリスは誘惑に負け、女神たちのほうに接近する。しかし、最初に殺害を計画していた女王は、人間であるカスティリスのことが好きになってしまい、自分を愛するのだったら今まで犯した漁猟の罪を許すと、もとの計画を覆す。

当初、カスティリスは女神たちみんなのものとして「わたしたち」から誘われていたのだが、ユラタはカスティリスを独占しようとする。承諾したカスティリスに対しての女王の返答である。

若い漁師は承知して、とこしえに変わらぬ愛を誓った。
すると、女王は言った。
「これで、もはやおまえはわたしのものです。しかし、わたしたちのそばにくるのはおよしなさい、おまえは死んでしまうでしょう。その代わり、わたしが毎晩、これからはおまえの名にちなんでカスティティと呼ばれるようになるこの山にきて、おまえに会うことにしましょう(11)」

歌声では「わたしたち」という複数で誘惑していたのだが、このユラタの会話では「わたし」という単数に変化している。カスティリスを所有したいという独占欲がみられるのであり、現に女王は人間界の山をカスティティと名付けて、その山に毎晩通うことになる。女王であるのに宮殿を留守にしてまで人間界に出向いてしまうのである。

それを知った天ペルクンは怒り、稲妻を落とし、女王を殺し、宮殿を粉々にする。今でも風が海を波立たせるときに、遠くから呻き声が聞こえるが、それは漁師の悲痛な嘆きの声であるという。バルト海には琥珀の破片が岸辺に打ちあがるが、それは女王ユラタの宮殿のかけらである、と結ばれる。

「バルト海の女王」では、人間である漁師を好きになってしまった女王ユラタの死と琥珀でできた宮殿の崩壊は、同時に起こる。すべてが一瞬でなくなってしまった悲哀は、かつて栄えていた宮殿を追憶するかのように琥珀に投影される。この話を知っている人は、実際にバルト海沿岸で琥珀を見つけると、女王ユラタの悲劇を思うことになるのである。[12] この話はバルト海の琥珀伝説といってもよいだろう。伝説は地域や地方に根差したものが多く、人物やモノ、つまり街の成り立ち、河川の名前、具体的な事物や場所と結びつく。この場合は琥珀とバルト海という関連がみられた。

三　よみがえる樹の雫

次に『大庭みな子全集』第17巻（日本経済新聞出版社、二〇一〇年）に所収されている大庭みな子の『炎える琥珀』をみていきたい。大庭みな子と水田宗子[13]とが、手紙の交換のように詩を二年間往復してできた詩集で、その表現形式も興味深いのであるが、ポーランドに関する話題がキーワードになって詩を織りなすことでも、私が着目している作品である。

本の題目に「炎える」とあるように、実際琥珀は燃える。植物なので燃えるのは当然かもしれないが、見た目が石のようなことから最初に燃やした人は驚いたことだろう。琥珀は燃やすと芳香を発するそうで、ドイツには燃やす習慣が今でも残っているそうだ。

バルト海の沿岸諸国では、子供が生まれた時や結婚式に琥珀の粉を火にくべて祝う習慣が今に残る。琥珀の産地の一つであるドイツでは、かつて琥珀の事を「Berstein《バースタイン》」と呼んだ。「石が燃える」という意味である。そこから転じて、琥珀の事を『バーニングストーン Burning stone』ともいった。[14]

慶事の際に琥珀の粉を燃やすことがわかる。芳香とともに火に投じることは、一種のパフォーマンス性もみられるのであろう。

『炎える琥珀』最後のページに、題目に「炎える」と付けた理由が、「結果的に私たちの辿った文学の景色になった。これは私たちの生きた歴史であり、現在、未来にも炎え続ける炎である」[15]と書かれてある。「炎え続ける炎」とあるように、文章に記録することでいつまでも消えない「炎」を意味している。オリンピックの象徴である聖火のように神聖性をみているわけではないと思うが、永遠性を「炎」に込めていることは確かである。その炎に「琥珀」とあるのはどういうことなのか、詩の一部をあげてみていきたい。

すべての詩のタイトルは年月となっている。「一九九三年十一月六日」から「一九九五年八月三日」までの二年間にわたって続く詩集であるため、その一部だけをあげての考察では本来は不十分であるが、詩全体の考察は今後の課題として、部分的に紹介していく。[16]

『炎える琥珀』の中で最初に琥珀がみられるのは、「一九九四年二月十三日水田宗子」の詩で、ポーランド人でクラクフ出身のベビーシッターであるソフィという人物から買った宝物として「赤いアンバーの首飾り」[17]がみられる。ソフィは大学教授の父親と一緒にユダヤ人と一緒に収容所に入れられた過去があるようだ。そのソフィのアンバー、つまり琥珀が、大庭みな子の詩に波及していく。琥珀への言及が最も多くみられる部分は、大庭みな子の詩「一九九五年七月十七日」である。その途中から最後まであげてみる。

「一九九五年七月十七日　大庭みな子」

桜の木の根元には
屍体ではなく琥珀が埋まっている
その琥珀を　わたしは今日も
指で掘る
埋葬された樹の雫
したたり落ちた金色の蜜の玉
琥珀の中に閉じ込められた翅虫は
蛾か蝶か蟻かかげろうか

琥珀の玉の中
曲りくねった細い穴の中を
ぞろぞろと行く虫の行列を
わたしはみつめる
琥珀の玉に火をつけて燃やす

あかあかと炎える琥珀の中に
太古の翅虫の白骨は砕けて散る
白金の灰になる

渚から聞こえてくるピアノの音色と
雲から降るフルートの旋律と
海底の波に洗われて
天の海と地の海を覆う
白金の雪になる
白金の雪は見る間に積り
盛り上った二つの胸の丘と

くびれた腰と　割れた尻と
投げ出した脚と腕を覆う
白金の女体の雪原になる
二本の足の間を　墨の水が流れ
きらめく黒髪のように光り

黒髪の沢の間から芽吹く

ぬめった薄桃色の蕾の中に
巨大な　まっ黄色の蕊がふるえ
その下に　ふくらんだ子房がふてぶてしく
坐り込んでいる

千年昔の蓮の実を
三千年昔の栃の実を
五千年昔の松の実を

炎える琥珀にかざし
血の透けるわたしの掌にかざし

わたしは　渚の砂丘に忘れられたピアノが
ひとりでに鳴りだすのを聞き
天から落ちてくる雨の語る声を聞いている(18)

現実的には、桜の木の根元に琥珀が埋まっていることはないだろう。梶井基次郎の短編小説『桜の樹の下には(19)』を思い起こす文章で、桜が美しいことに不安を抱いた主人公が、桜はさまざまな死体の養分を吸っているのでは、と想像する話との関連がみられる。その琥珀を指で掘ることに着目すべきであろう。「埋葬された樹の雫」の雫は琥珀ということであり、その琥珀はただ埋まっているのではなく、何らかの手によって「埋葬された」というのである。「雫」であることから涙を想起させる句である。琥珀が屍体のように埋葬されており、その琥珀の内側には閉じ込められた虫の姿がみられる。実際の琥珀にも昆虫や木の枝や花、動物の体毛が取り込まれているのは先述したとおりである。雫の中に閉じ込められ、もう動けないはずの虫たちが行列をはじめて、それをみた「わたし」は琥珀の玉を燃やす。この燃やす行為によって、ある変化が生じる。太古の虫の白い骨が砕けて「白金の灰」となるのである。灰は雪となって、「白金の雪」は、ピアノとフルートの音色を伴って、「天の海と地の海」を覆い隠す。天と地に「海」がみられるが、これは天と地との境界が薄れ、すべて海になっていくということなのだろう。それは琥珀が燃やされたことで引き起こされた現象である。そして、「白金の雪」は降り積り、「二つの胸の丘」をつくりだす。それはまさに「白金の女体の雪原」とあるように、女性の姿が浮かび上がってくる様子である。足の間には「墨の水」が流れ、その黒髪からは「まっ黄色の蕊」が生み出される。「蕊」は雌蕊（めしべ）・雄蕊（おしべ）に使われる用語で、花びらの部位として、それぞれの役割を担うものである。ここではもちろん雌蕊を隠喩しているのであり、琥珀に閉じ込められたのは美しい女性のような展開である。長い間、まるで埋葬されるかのように埋もれていた琥珀が燃やされることで再生されていく。そこに女性の身体を彷彿とさせる場面が浮き上がることに注目すべきであろう。

「炎える琥珀」と「血の透けるわたしの掌」がかざされることで、生死との境が曖昧となり、あらたな生命が息を吹き返すかのような詩である。そして、常にピアノやフルート、雨音の響きが背景に流れているのも特徴である。

四　琥珀となった姉妹の涙

先ほどの『炎える琥珀』では琥珀に女性性をみることができた。そこで、女性という関連からギリシア・ローマの神話と伝説をまとめたオウィディウスの『変身物語』をみていく。『変身物語』は、ローマの詩人オウィディウスの叙事詩で、全15巻。人間が動植物などに変身する物語である。

パエトンは父の太陽神が自分の父であるのかどうか疑惑を感じている。その確認のために太陽神のもとに行ったパエトンは、心の迷いを払拭するために、出生について告白して欲しいと懇願する。太陽神は自分の息子であることを告げ、欲しいものがあれば何でも望みをかなえてあげようと誓う。すると、パエトンは父の車駕を操る権限を一日だけ欲しいと発言する。父は即座に自らの提言を後悔した。車駕を操作するためには脚に翼を持った馬たちを的確に指示する力が求められる。パエトンは未熟であることからその境地にはないと父はすぐに判断したのである。パエトンは父太陽神の忠告を聞かずに車駕を走らせる。案の定、四頭の馬たちは暴走して進路をそれ、未知の空間を走り抜けていく。町も森も山も燃えあがり、大地が四方八方で燃えていき、全世界が燃え万物が滅び去ることを確認した全能の父ユピテルは雷鳴を起こす。それによって馬車から落ちたパエトンは、同時に命も失う。母クリュメネは悲嘆のあまり半狂乱となり、息子の死骸を探し、異国の河辺に埋められた白骨をみつめ、墓石を涙で濡らしながら抱きしめる。パエトンの姉妹たちも同じように悲しみ、涙に暮れる日々である。

> パエトンの姉妹の「太陽《ヘリ》の娘《アデス》たち」も、同じように泣き悲しみ、死者へのむなしい捧げ物である涙をそそいで、手で胸を打ちたたく。そして、この哀れな訴えを聞くよしもないパエトンの名を、日夜よび叫んで、塚に伏す。こうして、月は四度みちた。が、彼女たちは、習慣通り――今では習慣となっていたのだ――やはり嘆きをつづけていた。あるとき、長女パエトゥーサが、大地にひれ伏そうとしていながら、急に足がこわばって動かなくなったと訴えた。まばゆいばかりに色白のラムペティエが、姉のそばへ駆け寄ろうとすると、これも、突如根が生えたように、動かなくなった。つぎの妹は、手で髪の毛をかきむしろうとしていたが、見ると、むしり取られたのは木の葉だった。ひとりは、脚が固まって木の幹になったと嘆き、もうひとりは、腕が長い枝に化したと悲しむ。(20)

パエトンの姉妹たちが哀れな嘆きを続けているうちに急に足が動かなくなってしまう。なんと姉妹は樹の幹になってしまうのである。脚は木の幹になり、腕は長い枝になり、樹皮が彼女たちの下腹部、胸部、肩、手を包み込んでしまうのである。最後に口だけが残って、助けを求められた母が、娘たちの体を幹から引き離そうとすると、血の雫がしたたり落ちる。姉妹は母に、次のように叫ぶ。

「やめてちょうだい!お願いだから、お母さん!」傷つけられた娘は、こう叫ぶ。「やめてちょうだい、お願いだから!あなたが裂いている木は、わたしたちのからだなのだもの。ああ、これがお別れ!」―樹皮が、この最後の言葉をふさいでしまった。そして、そこから、涙が流れ落ちる。できたばかりの枝からしたたるこの樹脂は、日光で凝固して、琥珀となり、澄んだ流れの河がこれらを受けとって、ローマへ運び、妙齢の婦人たちの身につけられることとなった。[21]

樹木となった姉妹の涙は、樹脂となって、最終的に琥珀となるのである。[22] 樹脂の一部が落ち化石化して琥珀となるのは、琥珀の生成を如実に表す行為であるが、そこに樹木になった姉妹の涙が投影されているところが面白い。先述したように、この箇所には姉妹のほかに、息子を失った悲しみで半狂乱になる母も登場する。そして、母は異国の河辺に埋められた息子の白骨を抱きしめ涙を流している。その母の涙は琥珀にはならず、パエトンの姉妹の涙は琥珀となるのである。それは姉妹が樹木になったので涙が琥珀に変化したからであるが、この涙に女性性だけでなく、年齢つまり若さもみられることに気を付けるべきであろう。姉妹は婚礼前の女性たちであった。彼女たちの琥珀が、ローマに運ばれ「妙齢の婦人たち（若い年ごろの美しい女性たち）」に身に着けられるのも、若い姉妹たちと類似した女性であることを意味しているのだろう。

五　流れ落ちる人間の涙

最後にポーランドに伝わる古い話を紹介したい。A.Chętnik（A. ヘントニック）が「クルピェ芸術の琥珀」として一九七三年にまとめた伝説であるが、由来としてはもっと古い可能性もある。『茅葺屋根の下の琥珀』というタイトルがついている。「茅葺屋根」は普通の人が住む家ということから一般の人の琥珀という意味になる。

日本語訳はされていないので私訳をしてみた。原文はクルピェ地方の古い方言が使われていることもあり、私の語学力では方言の理解は難しいこともあり、方言から現代ポーランド語への翻訳は、言語学者でもあるトマシュ・マイトチャック[23]が手伝ってくれた。彼が現代ポーランド語訳してくれたものを私が日本語訳した。

『琥珀の秘密』「茅葺屋根の下の琥珀」

琥珀はどこからきたのだろうか?主なる神が罪深い人々に洪水をもたらしたとき、古い書物にあるように、四十日間の豪雨が降り続き、人々は惨めな虫けらのように滅びました。人々は不幸を嘆き、その涙は膨らんだ豆のように、その洪水の中にしたたり落ちていきました。そして、こうなったのです。

—罪のない人たちや幼い子どもたち、そしてほかの不幸な人たちの涙からは純粋で透き通った涙のような琥珀ができました。キリスト教（十字架、十字架像、磔となったキリスト像）、薬、少女のためのネックレス、そのほかにも美しく心地のよいものとして。

—懺悔する罪人や罪を悔い改める人の涙は、パイプ、かぎたばこや棒（スティック）に適した黒っぽくて、霧がかった、つまり曇ったような琥珀ができました。
―邪悪な人、冒涜者、酒豪やほかの罪をおこした人の琥珀は穢れていて、ペンキ、タール、ほかの惨めな芸術のように使いものにならないようになりました。
琥珀は火の中や燃える炭に入れると美しくなり、人々にとって良いこととしては、鼻と目に心地よい薫香を与え、悪い残骸は悪臭を発する炭と黒い煤となって底に残ります。(24)

四十日間の豪雨は『創世記』にみられる大洪水を示唆するのだろう。ノアは大洪水が来ることを前もって人々に知らせ、箱舟に避難するよう訴えたが、耳を傾ける人はいなかった。箱舟が完成した後、ノア夫妻と三人の息子夫婦の八人、そして、あらゆる種類の動物を神に命じられたとおり、箱舟に乗せた。すべての作業が終わった後、「洪水は四十日間、地上で続いた。水は増して箱舟を押し上げ、箱舟は地上から浮かび上った。(25)」とある。雨が止んでから150日を過ぎてようやく水は減り出したが、地上の生き物はすべて死に絶え、箱舟に乗ったものだけが生存した。「茅葺屋根の下の琥珀」には、ノアの話を一切聞かず、何も信じなかった地上の人々の涙がみられる。後悔や諦念の情が込められた涙は琥珀と変化するのである。

ここでは性差はみられないが、生き方によって琥珀の色合いが変わってくるという発想がみられる。罪のない人には透き通る琥珀が、罪びとには曇った琥珀が、芸術品にもその違いが明確に区別されるということである。様々な人間模様を投影するのが人々の涙を閉じ込めた琥珀であることが、この短文からわかるだろう。

六　おわりに

琥珀に関する文学として、ポーランドの伝説「バルト海の女王」、大庭みな子『炎える琥珀』、オウィディウス『変身物語』、ポーランドに古くから伝わる琥珀の話をみてきた。これらの作品に共通してみられるのは、洪水や大地が炎上とするディストピアのような世界のなかで苦しみ、天の怒りを買い、静寂な大地に佇みながら、人々の悲しみの涙が琥珀という自然物に成り代わる、ということであった。「バルト海の女王」では人間を愛するようになったユラタへの罪として天の怒りが落ち、すべては破壊され琥珀しか残らない。宮殿もろもろすべてが自然に戻されるという展開であった。そこには女王ユラタや女神たちの無念や嘆きをすべて吸い込むような静寂がみられる。

琥珀そのものは、一瞬で生き物を閉じ込めてひっそりと長い間大地に埋もれ、自然の一部となる。しかし、そのような性格ゆえ、埋もれているけれど生き返る、悲しみなどを抱えながら静かに時が来るのを待っている、というイメージもつくりあげられる。大庭みな子の『炎える琥珀』では「埋葬された樹の雫」である琥珀が生き返ったかのような表現がされていた。また、そこに若い女性の身体を彷彿とさせる大地の表現がみてとれた。

オウィディウスの『変身物語』では悲しみに打ちひしがれたパエトンの姉妹は樹木となり、流れ落ちた涙は樹脂となり、琥珀となった。木に変身した姉妹のおかげで森の木々が増えたという描写もあることから、姉妹たちは自然回帰を果たしたのである。琥珀は古代の森を想起させるものであり、かつて森であった海から採取されることも相まって、海や大地どちらにも根ざすものとなる。私たちが生きている地球は海がその大部分を占める。海と陸との関係性を考える自然環境のはなしにも繋がってくるだろう。「バルト海の女王」も当初は漁猟をおこない、海の生き物を脅かす復讐のために人間と接触したのであった。海の平和を守るための行動であったのである。「茅葺屋根の下の琥珀」では、神を信じることができなかったため、洪水に流されていく人々の愚かさがみられた。自然の脅威に人間の力は及ばないということを、琥珀となった涙からみることができた。

琥珀はその性質や見た目の美しさから物語を生み出す原動力となる。そこには女性の姿や身体が垣間見られる。人間の悲哀や苦しみを内包した涙が琥珀となることも、人間と自然との強い絆を顕著に表すものとして考えることができるであろう。

注

（1）松村明・三省堂編修所編『大辞林　第四版』（二〇一九年）参照。

（2）世界の琥珀の産地については、飯田孝一『琥珀』（株式会社亥辰舎、二〇一五年）を参考にした。琥珀についての歴史や琥珀を「宝石」として識別する方法も述べられている充実した本である。

（3）岩手県久慈市には、「久慈琥珀博物館」がある。久慈地方から大和朝廷に運ばれたアンバールートが解明されていることともあり、日本の琥珀の歴史を知るには重要な博物館である。まだ訪れたことがないので、ぜひいつか久慈を見学したいと思っている。「久慈琥珀博物館」のウェーブサイトでは、多くの琥珀の写真と解説が掲載されている（http://www.kuji.co.jp/museum　二〇二二年一一月二九日閲覧）。なお、後に注（7）で触れるエカテリーナ宮殿博物館と久慈琥珀博物館は、姉妹博物館である。

（4）日本では一九九三年に公開された映画である。

（5）「琥珀」とタイトルがついているものでは、内田百閒『琥珀』（一九三三年）、塚本邦雄『琥珀貴公子』（一九七五年）、甲賀三郎『琥珀のパイプ』（一九八四年）などがある。最近、出版されたものには、辻村深月『琥珀の夏』（文藝春秋、二〇二一年）がある。琥珀については、「時を止めて、思い出を結晶化していたのと同じことだ。琥珀に封じ込められた、昆虫の化石のように。時が流れ続けていることを、理解しているつもりでいて、本当はまるでわかっていなかった。」（「第六章砕ける琥珀」353頁）という文章がみられる。琥珀は止められた時間を表すもので、閉じ込められた夏の思い出を意味する。

（6）「琥珀色」は橙色とも近い色であり、ウイスキーやブランデーを表現する色としても使用される。

（7）琥珀がもたらす伝説としては、エカテリーナ宮殿の「琥珀の間」がよく知られていよう。一九四一年九月一七日のドイツ軍による進撃で、エカテリーナ宮殿は退廃した。その時に、宮殿内にあった多数の美術品と「琥珀の間」が消え去ってしまった。ナチス親衛隊によって持ち去られたであろう「琥珀の間」は戦後、多くの研究家によって探索されたが、今でもその謎はベールに包まれている。その後、ロシアは国家の威信をかけて、総額二〇〇億円という莫大な資金を注ぎ込み、二〇〇三年サンクトペテルブルク建都三〇〇年に、エカテリーナ宮殿の「琥珀の間」が復元された。復元までの一部始終については、重延浩『ロシアの至宝「琥珀の間」伝説』（日本放送出版協会、二〇〇三年）に詳しい。

(8)ポーランド語では、Królowa Bałtyku（バルト海の女王）という。

(9)L・シェミェンスキ「バルト海の女王」は、『ポーランドの民話』（恒文社、一九八〇年）において、吉上昭三によって日本語訳されている。引用した部分は36頁。

(10)2015年に日本でも公開されたポーランド映画『ゆれる人魚』（ポーランド語の原題は「Córki dancingu」、英題は「The Lure」）を紹介しておきたい。共産主義下の八〇年代のワルシャワが舞台の映画である。二人（匹）の人魚の姉妹が、海からナイトクラブに辿り着き、ダンスを披露して人気を極めるのだが、あることを契機として人魚の本性が現れてしまう、というホラーファンタジー映画である。ワルシャワの街には人魚伝説があり、街のシンボルとしても旧市街などのあちこちに人魚像（Syrenka Warszawska）がある。ワルシャワの紋章も人魚であり、バスやトラムなどの公共機関には人魚のモチーフがみられる。

(11)(9)『ポーランドの民話』の37頁。

(12)実際にポーランドの友人や学生に聞いてみたところ、「女王ユラタ」の話はよく知っている人が多かった。子供向けの絵本や本にもよく登場する話である。

(13)水田宗子（一九三七年生まれ）は、フェミニズム文学批評の第一人者。詩人としても活躍しており、『現代詩文庫　水田宗子詩集』（思潮社、二〇一六年）などがある。大庭みな子について述べた著書に、『大庭みな子　記憶の文学』（平凡社、二〇一三年）がある。

（14）（2）『琥珀』の10頁。
（15）『大庭みな子全集』第17巻（日本経済新聞出版社、二〇一〇年）124頁。
（16）『炎える琥珀』にはワルシャワやクラクフ、ポーランド人だと思われる人名を多くの箇所で見つけることができる。書簡体風の詩であることから、大庭みな子や水田宗子に何らかのポーランドとの繋がりがあったのだと推測できる。今後、調べていきたいテーマである。
（17）（15）の『大庭みな子全集』70頁。
（18）（15）の『大庭みな子全集』117・118頁。
（19）初出は『詩と詩論』（一九二八年）である。
（20）オウィディウス『変身物語（上）』（中村善也訳、岩波文庫、一九八一年）67・68頁。
（21）（20）『変身物語（上）』の68頁。
（22）涙が琥珀となる話はヨーロッパでは人魚伝説と関連づけられることが多い。「琥珀は人魚の涙の化身」だと信じられていたことがあると、注（2）であげた飯田孝一『琥珀』にも説明されている。人魚伝説については今回触れることができなかった。このテーマについてはさらに発展して今後考察したいと考えている。
（23）ポーランド国立ヤギェロン大学文献学部東洋学研究所日本学科の同僚であるProf. Tomasz Majtczak氏にあらためて感謝申し上げる。
（24）Tajemnice Bursztynu, Barbara Kosmowska-Ceranowicz, Wydawnictwo Sport i Turystyka, Warszawa, 1989（『秘密の琥珀』バーバラ・コスモフスカ‐ツェラノビッチ著、スポーツと旅行出版社、ワルシャワ、一九八九年）に所収された「A.Chętnik: Jantar w sztuce kurpiowskiej (1973)」（A.ヘントニック：クルピェ芸術の琥珀（一九七三年））149・150頁。
（25）『聖書』「創世記」7章17節。引用文は『聖書　聖書協会共同訳』（日本聖書協会、二〇一八年）による。

四　アンケートから見る浦島伝説の享受の一様相

An aspect of the enjoyment of Urashima Legend of seen from the questionnaire

畑　恵里子

一　はじめに

現在、人々はどこから伝説を知り、愛好しているのか。ことに浦島伝説を人々はどこから享受しているのか。

七つの民間説話として、曲亭馬琴は随筆集『燕石襍志』巻四（文化八（一八一一）年）で、『猿蟹合戦』、『桃太郎』、『舌切雀』、『花咲爺』、『兎の大手柄』、『獼猴《おおざる》の生肝』、『浦島之子』を指摘、特に先の五作品は「五大昔噺」として流通してきたと高木敏雄はいう。(1)あるいは「日本五大昔話」として、『桃太郎』、『猿蟹合戦』、『舌切雀』、『花咲爺』、『かちかち山』が指摘されている。(2)あるいは、「五大昔話」という名称で『桃太郎』、『猿蟹合戦』、『舌切雀』、『花咲爺』、『かちかち山』が指摘されており、「室町時代末から江戸初期に現在伝えられる形となった。「五大お伽話」とも」とされている。(3)児童文学の評論や翻訳等で知られている瀬田貞二は、「思うにミッドフォードに発して小波に鼓吹された五大昔話その他はみな、江戸時代の草双紙の下れる姿から取材したもので、草双紙の祖は室町期のいわゆるお伽草子の諸短篇にあり、それらの遍歴型、縁起型、奇譚型の多くは、実に昔話に源泉を求めうるものであった。浦島、一寸法師、瓜姫、鉢かづき姫、物ぐさ太郎があり、また鶴女房、蛤女房、蛇聟、猿聟のいる異類婚も題名を変えてそこにあった」と言及している。[4] 近世の草双紙には確かにこれらのヴァリエーションがよく見られるし、中世の御伽草子に端を発するものも多い。その意味では、古代に発生したはずの浦島伝説は、いつしかその流れの中に据えられたということになる。

近年はどうか。一九九〇年代の資料となるが、學燈社の別冊国文学必携シリーズでは、『一寸法師』、『安倍貞任』等の「昔話」六〇点、「伝説」五四点等が挙げられており、『浦島太郎』も含まれている。[5] 二〇〇〇年代に入ると、日本放送協会の総合テレビでは、著名な「昔話」を題材として現在の法律から罪状を問う子ども向けの番組を放送している。[6] そこには五大昔話等が含まれており、現在も認知度の高い「昔話」のひとつとして浦島伝説は採用されていることが分かる。やや卑近ではあろうが、一般の人々の享受という視点にとっては参考となる。

浦島伝説の伝播におけるひとつの指標を教えてくれるのは、三浦佑之『浦島太郎の文学史』[7] であろう。この種類の伝説としてはほとんど同一の展開を持ち、やや異質なほど均質化した浦島伝説が全国的に流布して人々に享受された背景として、明治期の国定教科書の影響を、三浦は指摘している。特定の地域性を超えた浦島伝説の均質性は、昔話・伝説としては特異な作品として位置づけられるとみてよい。浦島伝説は継続的に教材として採択されてきた歴史を持っている。[8] ただし、現在、享受の経路は必ずしも教科書とは限らない。

では、人々はどこから浦島伝説を享受して、愛好しているのか。それを知るためのひとつの有用な方法として、一般市民を対象とするアンケート調査を実施することにした。一地域での収集にすぎず、選択肢も網羅しているわけではないのだが、ひとつの記録とはなる。

本稿は、令和四（二〇二二）年に開催した科研費パネルディスカッションの参加者を対象とするアンケート分析を基軸として、現在の浦島伝説の享受の様相の一端を明らかにすることを主な目的とする。なお、本稿の趣旨に基づき、主に日本国内に生育環境があると回答したアンケート対象者を主とする市井の人々を、「一般の人々」と表記する。

二　アンケートの目的と項目

アンケートの目的は主に三点である。

一つ目は、一般の人々が考える伝説や昔話の範囲とはどこまでを指しているのかという点である。一般の人々にとって、おそらく伝説と昔話との相違はさほど明確ではなく、同一視されている可能性が高いであろうと考えた。それに、噂や妖怪の類に端を発することの多い都市伝説と、古来の昔話・伝説とが混同されている可能性もある。そのため、一般の人々はどの作品を伝説や昔話と認識していて、どの作品をそのようには認識していないのか、識別の範囲を多少なりとも探りたいということにある。以下、「目的1」と表記する。

二つ目は、一般の人々は、公的側面からよりも、むしろ私的側面から主に昔話・伝説を知ったのではないかという点である。本稿でいう公的側面とは、小学校や幼稚園、保育園等、公共性の比較的高い集団教育を主に指している。一方、私的側面とは、家族や友人等で構成されている個人的集団や、いわゆるサブカルチャーを主に指している。以下、「目的2」と表記する。

三つ目は、現在、浦島伝説はさほど教科書に掲載されていなくても知名度の高い伝説として定着していると想定されるがその理解でよいのか、そして、浦島伝説に匹敵する知名度の高い作品があるとすればそれは何かという点である。そこで浦島伝説と何らかの共通項を持つ作品と対比して、一般の人々の享受の様相を把握したいと考えた。以下、「目的3」と表記する。

アンケート調査の対象者は、「日本学術振興会科学研究費助成事業基盤研究（C）「海洋文化圏から見る浦島伝説の宗教観」（研究代表者　畑　恵里子）パネルディスカッション「海洋文化としての伝説・楽園・異界―Legends, Paradi se, and the Other World, As Maritime Cultures—」に出席した静岡県内の私立大学生を主とする参加者である。私立大学生については、二〇二二年一〇月時点で畑の担当している授業履修者を中心としている。大半は二〇歳前後の静岡県出身者であるが、来日数年の留学生も一部いる。

アンケート調査の実施日時は、パネルディスカッション開催日である令和四（二〇二二）年一〇月一日である。参加者総数は約一五〇名、アンケート回答数は一一三名である。事前に趣旨を説明して、同意が得られたもののみ、分析対象としている。畑の所属先である静岡英和学院大学研究倫理委員会の承認を得た上で実施した。[9] データ分析については、性格心理学・教育心理学を専門としている静岡英和学院大学の林智幸氏へ依頼した。質問項目や本稿における表示等は畑が判断、数値データは林氏の提供による（表1）。表1に「標準偏差」という項目があるが、それは「もとの変量と単位がそろえられるだけでなく、より高度な統計分析において、非常に扱いやすい指標」であり、[10]「平均を中心にどのくらいデータが散らばっているか示すもので、分散の平方根で表される。標準偏差の値が大きいと、データの散らばりの度合いが大きいことを示す」ものである。[11] 日本文学研究では馴染みのない用語であるが、心理学では記載される性質のものであるということから、正確を期するため付記することにした。

アンケートの質問項目について説明する。

項目数は全一七点である（表2）。年齢等の属性への質問項目は全四点である。昔話・伝説の内容に関わる質問は全一三点である。本稿は浦島伝説を基軸としているため、「伝説・昔話」のほうがよいのであろうが、一般の人々にとっては「昔話・伝説」と記載するほうが違和感はないであろうと推測して、この順序で表記したにすぎない。

まず、年齢、性別への回答を求めた。

続けて、「あなたは、一五歳頃まで、主にどこで暮らしていましたか?」という、一五才頃まで主にどこで生活をしていたかを問う項目を設けて、留学生や帰国子女等、日本国外の生育環境について回答を求めた。選択肢は「日本国内」、「日本以外の国」の全二点である。この質問項目を設定したのは、日本における昔話・伝説の享受は幼年期が主と想定したためである。

日本文学・日本文化を学習している場合、回答内容に影響を与えると考えられるため、学習環境の有無について尋ねた。「あなたは、現在、学校やカルチャーセンターなどで、日本文学や日本文化を勉強していますか？」という質問である。選択肢は、「はい」、「いいえ」の二点である。

これらの結果、一五歳頃までに日本国内に生育環境がなかったとした回答者は五名であった。同様に、一五歳頃までに日本国内に生育環境があった回答者で、かつ、三五歳以上のものは一〇名であった。よって、この二つの属性の回答者層からは、安定した分析結果を得ることはできなかった。しかし、興味深い特徴をいくつか示してもいた。そのため、本稿では、あくまでも参考情報にすぎないことを前提とした上で、適宜言及することにした。一方、比較的安定した信頼性の高い数値情報は三点、すなわち、（1）全体データ、（2）一五歳頃までに日本国内に生育環境があったとする回答データ、（3）一五歳頃までに日本国内に生育環境があったとする一〇代・二〇代の回答データである。

三　一般の人々にとって昔話や伝説にあたる作品

さて、比較的広範な質問項目として、「あなたは、「昔話・伝説」と聞いて、含まれると思う作品は何ですか？」を設定、複数回答を可とした。「目的1」に関する質問項目である。

比較的目にすることが多いと考えられる作品を念頭に、選択肢を選出した。[12] まずは、五大昔話を選択肢の参考とした。[13] 明治期以降、外国人の帰国時の土産として制作されはじめた経緯を持つ縮緬本は、五大昔話の他にも、『因幡の白兎』、『分福茶釜』、『俵藤太』等、代表的な作品を含む傾向にあるため、これも選択肢の参考とした。[14] 戦前・戦中・現在にかけての教科書採用作品であるかも考慮した[15]。従来の伝説や昔話との比較のため、妖怪系列の都市伝説も含めた[16]。

その結果、選択肢を以下のとおりとした。「雪女」、「かぐや姫」、「かちかち山」、「舌切りすずめ」、「浦島太郎」、「さるかに合戦」、「桃太郎」、「花咲かじいさん」、「うばすて山（おばすて山）」、「トイレの花子さん」、「口裂け女」、「天女の羽衣」、全一二点である。さらなる選択肢を設けて識別化を行いたいという要望を持っていたのだが、回答者の負担を懸念して回避した。回答に迷わないようにするため、『竹取物語』を「かぐや姫」、『駿河国風土記逸文』を「天女の羽衣」とする等、アンケート用に表記を一部改めた。留学生が在籍していることから、漢字表記を一部ひらがなとした。本稿では、作品名の場合は『竹取物語』、選択肢の場合は「かぐや姫」等とする。

本質問項目の結果は、以下のとおりであった。

高い数値を示した作品を確認すると、データ全体では、順に、「かぐや姫」八八％、「浦島太郎」八七％、「桃太郎」八六％である。既存の文学作品を昔話・伝説と認識している割合は極めて高く、いずれも僅差である。

この点について、属性ごとに確認した。

一五歳頃まで日本国内に生育環境があったとする回答者層の場合、最高値は、順に、「かぐや姫」九二％、「浦島太郎」九一％、「桃太郎」九〇％、次いで「さるかに合戦」七二％、「花咲かじいさん」七二％である。「かぐや姫」、「浦島太郎」、「桃太郎」の上位三作品については、前述の全体値よりもやや高い数値を示した。五大昔話のうち、最下位は「舌切りすずめ」、五九％である。よって、『竹取物語』、浦島伝説、『桃太郎』の認知度は突出して高く、五大昔話の『猿蟹合戦』、『花咲爺』、『舌切雀』、『かちかち山』とは明確に識別していることが分かった。

ところで、「かぐや姫」つまり『竹取物語』は、「物語の出で来はじめの親なる竹取の翁」（『源氏物語』「絵合」二巻三八〇頁）とあるように、昔話・伝説というよりも、本来は物語のジャンルに位置する最古の作品である。だが、一

表１　昔話・伝説に関するアンケート分析

	人数	113	107	5	97	10	20	77	76	30	人数	
質問項目	指標	全体	生育環境（日本）	生育環境（日本以外）	生育環境（日本）10代・20代	生育環境（日本）35歳以上	生育環境（日本）10代	生育環境（日本）20代	日本文学・日本文化の学習環境あり	日本文学・日本文化の学習環境なし	指標	質問項目
15歳頃まで、主にどこで暮らしていたか？	「はい」の割合	96%	100%	0%	100%	100%	100%	100%	100%	100%	「はい」の割合	15歳頃まで、主にどこで暮らしていたか？
現在、学校やカルチャーセンターなどで、日本文学や日本文化を勉強しているか？	「はい」の割合	73%	72%	100%	76%	30%	95%	71%	100%	0%	「はい」の割合	現在、学校やカルチャーセンターなどで、日本文学や日本文化を勉強しているか？
質問項目	指標	全体	生育環境（日本）	生育環境（日本以外）	生育環境（日本）10代・20代	生育環境（日本）35歳以上	生育環境（日本）10代	生育環境（日本）20代	日本文学・日本文化の学習環境あり	日本文学・日本文化の学習環境なし	指標	質問項目
「昔話・伝説」には「雪女」が含まれるか？	「はい」の割合	51%	50%	80%	48%	70%	70%	43%	50%	50%	「はい」の割合	「昔話・伝説」には「雪女」が含まれるか？
「昔話・伝説」には「かぐや姫」が含まれるか？	「はい」の割合	88%	92%	20%	92%	90%	95%	91%	91%	93%	「はい」の割合	「昔話・伝説」には「かぐや姫」が含まれるか？
「昔話・伝説」には「かちかち山」が含まれるか？	「はい」の割合	64%	66%	20%	65%	80%	75%	62%	64%	70%	「はい」の割合	「昔話・伝説」には「かちかち山」が含まれるか？
「昔話・伝説」には「舌切り雀」が含まれるか？	「はい」の割合	57%	59%	20%	58%	70%	75%	53%	58%	60%	「はい」の割合	「昔話・伝説」には「舌切り雀」が含まれるか？
「昔話・伝説」には「浦島太郎」が含まれるか？	「はい」の割合	87%	91%	20%	91%	90%	100%	88%	89%	93%	「はい」の割合	「昔話・伝説」には「浦島太郎」が含まれるか？
「昔話・伝説」には「猿蟹合戦」が含まれるか？	「はい」の割合	69%	72%	20%	72%	70%	80%	70%	67%	83%	「はい」の割合	「昔話・伝説」には「猿蟹合戦」が含まれるか？
「昔話・伝説」には「桃太郎」が含まれるか？	「はい」の割合	86%	90%	20%	91%	80%	95%	90%	89%	90%	「はい」の割合	「昔話・伝説」には「桃太郎」が含まれるか？
「昔話・伝説」には「花咲爺」が含まれるか？	「はい」の割合	69%	72%	20%	72%	70%	80%	70%	67%	83%	「はい」の割合	「昔話・伝説」には「花咲爺」が含まれるか？
「昔話・伝説」には「姥捨山」が含まれるか？	「はい」の割合	32%	33%	20%	29%	70%	30%	29%	24%	53%	「はい」の割合	「昔話・伝説」には「姥捨山」が含まれるか？
「昔話・伝説」には「トイレの花子さん」が含まれるか？	「はい」の割合	12%	11%	40%	12%	0%	20%	10%	11%	13%	「はい」の割合	「昔話・伝説」には「トイレの花子さん」が含まれるか？
「昔話・伝説」には「口裂女」が含まれるか？	「はい」の割合	13%	14%	0%	15%	0%	25%	13%	14%	13%	「はい」の割合	「昔話・伝説」には「口裂女」が含まれるか？
「昔話・伝説」には「天女の羽衣」が含まれるか？	「はい」の割合	48%	49%	40%	46%	70%	70%	40%	49%	47%	「はい」の割合	「昔話・伝説」には「天女の羽衣」が含まれるか？
質問項目	指標	全体	生育環境（日本）	生育環境（日本以外）	生育環境（日本）10代・20代	生育環境（日本）35歳以上	生育環境（日本）10代	生育環境（日本）20代	日本文学・日本文化の学習環境あり	日本文学・日本文化の学習環境なし	指標	質問項目
「昔話・伝説」（都市伝説を除く）を「親」から聞いて知っていると考えているか？	「はい」の割合	41%	43%	0%	42%	50%	45%	42%	49%	30%	「はい」の割合	「昔話・伝説」（都市伝説を除く）を「親」から聞いて知っていると考えているか？
「昔話・伝説」（都市伝説を除く）を「祖父母」から聞いて知っていると考えているか？	「はい」の割合	27%	28%	20%	27%	40%	15%	30%	28%	30%	「はい」の割合	「昔話・伝説」（都市伝説を除く）を「祖父母」から聞いて知っていると考えているか？
「昔話・伝説」（都市伝説を除く）を「きょうだい」から聞いて知っていると考えているか？	「はい」の割合	4%	5%	0%	5%	0%	5%	5%	4%	7%	「はい」の割合	「昔話・伝説」（都市伝説を除く）を「きょうだい」から聞いて知っていると考えているか？
「昔話・伝説」（都市伝説を除く）を「友達」から聞いて知っていると考えているか？	「はい」の割合	12%	10%	60%	10%	10%	15%	9%	11%	10%	「はい」の割合	「昔話・伝説」（都市伝説を除く）を「友達」から聞いて知っていると考えているか？
「昔話・伝説」（都市伝説を除く）を「親戚」から聞いて知っていると考えているか？	「はい」の割合	4%	4%	0%	2%	20%	0%	3%	3%	7%	「はい」の割合	「昔話・伝説」（都市伝説を除く）を「親戚」から聞いて知っていると考えているか？
「昔話・伝説」（都市伝説を除く）を「幼稚園・保育園」から聞いて知っていると考えているか？	「はい」の割合	49%	50%	20%	48%	70%	70%	43%	47%	57%	「はい」の割合	「昔話・伝説」（都市伝説を除く）を「幼稚園・保育園」から聞いて知っていると考えているか？
「昔話・伝説」（都市伝説を除く）を「小学校の授業・教科書」から聞いて知っていると考えているか？	「はい」の割合	53%	54%	40%	57%	30%	65%	55%	58%	43%	「はい」の割合	「昔話・伝説」（都市伝説を除く）を「小学校の授業・教科書」から聞いて知っていると考えているか？
「昔話・伝説」（都市伝説を除く）を「童話・歌」から聞いて知っていると考えているか？	「はい」の割合	57%	59%	20%	60%	50%	65%	58%	57%	63%	「はい」の割合	「昔話・伝説」（都市伝説を除く）を「童謡・歌」から聞いて知っていると考えているか？
「昔話・伝説」（都市伝説を除く）を「絵本・紙芝居」から聞いて知っていると考えているか？	「はい」の割合	78%	81%	20%	80%	90%	95%	77%	80%	83%	「はい」の割合	「昔話・伝説」（都市伝説を除く）を「絵本・紙芝居」から聞いて知っていると考えているか？
「昔話・伝説」（都市伝説を除く）を「アニメ」から聞いて知っていると考えているか？	「はい」の割合	31%	32%	20%	31%	40%	30%	31%	28%	43%	「はい」の割合	「昔話・伝説」（都市伝説を除く）を「アニメ」から聞いて知っていると考えているか？
「昔話・伝説」（都市伝説を除く）を「ゲーム」から聞いて知っていると考えているか？	「はい」の割合	15%	16%	0%	18%	0%	25%	16%	18%	10%	「はい」の割合	「昔話・伝説」（都市伝説を除く）を「ゲーム」から聞いて知っていると考えているか？
「昔話・伝説」（都市伝説を除く）を上記以外の「その他」から聞いて知っていると考えているか？	「はい」の割合	4%	4%	0%	2%	20%	0%	3%	4%	3%	「はい」の割合	「昔話・伝説」（都市伝説を除く）を上記以外の「その他」から聞いて知っていると考えているか？
質問項目	指標	全体	生育環境（日本）	生育環境（日本以外）	生育環境（日本）10代・20代	生育環境（日本）35歳以上	生育環境（日本）10代	生育環境（日本）20代	日本文学・日本文化の学習環境あり	日本文学・日本文化の学習環境なし	指標	質問項目
「浦島太郎」を「親」から聞いて知っていると考えているか？	「はい」の割合	39%	41%	0%	39%	60%	35%	40%	45%	33%	「はい」の割合	「浦島太郎」を「親」から聞いて知っていると考えているか？
「浦島太郎」を「祖父母」から聞いて知っていると考えているか？	「はい」の割合	12%	12%	0%	10%	30%	0%	13%	11%	17%	「はい」の割合	「浦島太郎」を「祖父母」から聞いて知っていると考えているか？
「浦島太郎」を「きょうだい」から聞いて知っていると考えているか？	「はい」の割合	2%	2%	0%	2%	0%	5%	1%	1%	3%	「はい」の割合	「浦島太郎」を「きょうだい」から聞いて知っていると考えているか？
「浦島太郎」を「友達」から聞いて知っていると考えているか？	「はい」の割合	3%	2%	20%	2%	0%	0%	3%	3%	0%	「はい」の割合	「浦島太郎」を「友達」から聞いて知っていると考えているか？
「浦島太郎」を「親戚」から聞いて知っていると考えているか？	「はい」の割合	4%	4%	0%	2%	20%	0%	3%	3%	7%	「はい」の割合	「浦島太郎」を「親戚」から聞いて知っていると考えているか？
「浦島太郎」を「幼稚園・保育園」から聞いて知っていると考えているか？	「はい」の割合	49%	51%	0%	52%	50%	60%	49%	49%	57%	「はい」の割合	「浦島太郎」を「幼稚園・保育園」から聞いて知っていると考えているか？
「浦島太郎」を「小学校の授業・教科書」から聞いて知っていると考えているか？	「はい」の割合	23%	24%	0%	23%	40%	15%	25%	22%	30%	「はい」の割合	「浦島太郎」を「小学校の授業・教科書」から聞いて知っていると考えているか？
「浦島太郎」を「童話・歌」から聞いて知っていると考えているか？	「はい」の割合	25%	25%	20%	24%	40%	10%	27%	22%	33%	「はい」の割合	「浦島太郎」を「童謡・歌」から聞いて知っていると考えているか？
「浦島太郎」を「絵本・紙芝居」から聞いて知っていると考えているか？	「はい」の割合	61%	64%	20%	63%	70%	65%	62%	67%	57%	「はい」の割合	「浦島太郎」を「絵本・紙芝居」から聞いて知っていると考えているか？
「浦島太郎」を「アニメ」から聞いて知っていると考えているか？	「はい」の割合	11%	10%	20%	8%	30%	0%	10%	8%	17%	「はい」の割合	「浦島太郎」を「アニメ」から聞いて知っていると考えているか？
「浦島太郎」を「ゲーム」から聞いて知っていると考えているか？	「はい」の割合	3%	3%	0%	3%	0%	0%	4%	4%	0%	「はい」の割合	「浦島太郎」を「ゲーム」から聞いて知っていると考えているか？
「浦島太郎」を上記以外の「その他」から聞いて知っていると考えているか？	「はい」の割合	3%	2%	20%	2%	0%	5%	1%	0%	3%	「はい」の割合	「浦島太郎」を上記以外の「その他」から聞いて知っていると考えているか？
質問項目	指標	全体	生育環境（日本）	生育環境（日本以外）	生育環境（日本）10代・20代	生育環境（日本）35歳以上	生育環境（日本）10代	生育環境（日本）20代	日本文学・日本文化の学習環境あり	日本文学・日本文化の学習環境なし	指標	質問項目
「トイレの花子さん」や「口裂け女」は、「昔話・伝説」に含まれるか？	「はい」の割合	21%	20%	40%	22%	0%	35%	18%	18%	24%	「はい」の割合	「トイレの花子さん」や「口裂け女」は、「昔話・伝説」に含まれるか？
質問項目	指標	全体	生育環境（日本）	生育環境（日本以外）	生育環境（日本）10代・20代	生育環境（日本）35歳以上	生育環境（日本）10代	生育環境（日本）20代	日本文学・日本文化の学習環境あり	日本文学・日本文化の学習環境なし	指標	質問項目
「浦島太郎」は、「とても知られている」を10点、「全く知られていない」を１点とした場合、何点か？	平均値	8.78	8.90	6.40	8.82	9.67	9.00	8.78	8.85	9.03	平均	「浦島太郎」は、「とても知られている」を10点、「全く知られていない」を１点とした場合、何点か？
	標準偏差	1.58	1.36	3.26	1.38	0.67	1.14	1.44	1.44	1.14	標準偏差	
「浦島太郎」は、「とても人気が高い」を10点、「全く人気がない」を１点とした場合、何点か？	平均値	7.28	7.42	4.20	7.28	8.80	7.40	7.25	7.43	7.47	平均	「浦島太郎」は、「とても人気が高い」を10点、「全く人気がない」を１点とした場合、何点か？
	標準偏差	1.96	1.82	2.32	1.80	1.33	1.62	1.85	1.70	2.06	標準偏差	
「浦島太郎」は、「とても縁起がよい」を10点、「とても縁起が悪い」を１点とした場合、何点か？	平均値	4.93	4.93	5.00	4.86	5.60	5.20	4.77	5.03	4.70	平均	「浦島太郎」は、「とても縁起がよい」を10点、「とても縁起が悪い」を１点とした場合、何点か？
	標準偏差	1.82	1.81	1.90	1.69	2.65	1.94	1.60	1.82	1.79	標準偏差	
「桃太郎」は、「とても知られている」を10点、「全く知られていない」を１点とした場合、何点か？	平均値	9.07	9.11	8.20	9.07	9.50	9.30	9.01	9.11	9.17	平均	「桃太郎」は、「とても知られている」を10点、「全く知られていない」を１点とした場合、何点か？
	標準偏差	1.50	1.48	1.72	1.53	0.81	0.78	1.66	1.56	1.27	標準偏差	
「桃太郎」は、「とても人気が高い」を10点、「全く人気がない」を１点とした場合、何点か？	平均値	8.46	8.56	6.40	8.56	8.60	8.55	8.56	8.59	8.60	平均	「桃太郎」は、「とても人気が高い」を10点、「全く人気がない」を１点とした場合、何点か？
	標準偏差	1.74	1.66	1.96	1.66	1.74	1.40	1.72	1.66	1.58	標準偏差	
「かぐや姫」は、「とても知られている」を10点、「全く知られていない」を１点とした場合、何点か？	平均値	8.19	8.27	6.40	8.19	9.10	8.80	8.03	8.30	8.20	平均	「かぐや姫」は、「とても知られている」を10点、「全く知られていない」を１点とした場合、何点か？
	標準偏差	1.93	1.80	3.20	1.83	1.22	1.25	1.92	1.86	1.68	標準偏差	
「かぐや姫」は、「とても人気が高い」を10点、「全く人気がない」を１点とした場合、何点か？	平均値	7.88	7.96	6.00	7.92	8.40	8.70	7.71	8.18	7.50	平均	「かぐや姫」は、「とても人気が高い」を10点、「全く人気がない」を１点とした場合、何点か？
	標準偏差	2.01	1.91	3.03	1.92	1.74	1.62	1.94	1.73	2.19	標準偏差	
「かちかち山」は、「とても人気が高い」を10点、「全く人気がない」を１点とした場合、何点か？	平均値	6.04	6.07	5.40	6.12	5.60	6.55	6.01	6.21	5.67	平均	「かちかち山」は、「とても人気が高い」を10点、「全く人気がない」を１点とした場合、何点か？
	標準偏差	1.86	1.81	2.58	1.67	2.80	1.86	1.60	1.65	2.12	標準偏差	
「雪女」は、「とても人気が高い」を10点、「全く人気がない」を１点とした場合、何点か？	平均値	5.77	5.71	7.00	5.70	5.80	6.40	5.52	6.04	4.80	平均	「雪女」は、「とても人気が高い」を10点、「全く人気がない」を１点とした場合、何点か？
	標準偏差	2.05	2.03	2.10	1.99	2.44	2.15	1.90	1.97	1.90	標準偏差	
質問項目	指標	全体	生育環境（日本）	生育環境（日本以外）	生育環境（日本）10代・20代	生育環境（日本）35歳以上	生育環境（日本）10代	生育環境（日本）20代	日本文学・日本文化の学習環境あり	日本文学・日本文化の学習環境なし	指標	質問項目

選択肢：1点　2点　3点　4点　5点　6点　7点　8点　9点　10点

質問10：あなたは、「浦島太郎」は、どれくらい人気がある「昔話・伝説」だと思いますか？「とても人気が高い」を10点、「全く人気がない」を1点とした場合、何点と考えますか？当てはまるもの一つに　○　を付けて下さい。

選択肢：1点　2点　3点　4点　5点　6点　7点　8点　9点　10点

質問11：あなたは、「浦島太郎」は、縁起のよい話だと思いますか？「とても縁起がよい」を10点、「とても縁起が悪い」を1点とした場合、何点と考えますか？当てはまるもの一つに　○　を付けて下さい。

選択肢：1点　2点　3点　4点　5点　6点　7点　8点　9点　10点

質問12：あなたは、「桃太郎」は、どのくらい知られている「昔話・伝説」だと思いますか？「とても知られている」を10点、「全く知られていない」を1点とした場合、何点と考えますか？当てはまるもの一つに　○　を付けて下さい。

選択肢：1点　2点　3点　4点　5点　6点　7点　8点　9点　10点

質問13：あなたは、「桃太郎」は、どれくらい人気がある「昔話・伝説」だと思いますか？「とても人気が高い」を10点、「全く人気がない」を1点とした場合、何点と考えますか？当てはまるもの一つに　○　を付けて下さい。

選択肢：1点　2点　3点　4点　5点　6点　7点　8点　9点　10点

質問14：あなたは、「かぐや姫」は、どのくらい知られている「昔話・伝説」だと思いますか？「とても知られている」を10点、「全く知られていない」を1点とした場合、何点と考えますか？当てはまるもの一つに　○　を付けて下さい。

選択肢：1点　2点　3点　4点　5点　6点　7点　8点　9点　10点

質問15：あなたは、「かぐや姫」は、どれくらい人気がある「昔話・伝説」だと思いますか？「とても人気が高い」を10点、「全く人気がない」を1点とした場合、何点と考えますか？当てはまるもの一つに　○　を付けて下さい。

選択肢：1点　2点　3点　4点　5点　6点　7点　8点　9点　10点

質問16：あなたは、「かちかち山」は、どれくらい人気がある「昔話・伝説」だと思いますか？「とても人気が高い」を10点、「全く人気がない」を1点とした場合、何点と考えますか？当てはまるもの一つに　○　を付けて下さい

選択肢：1点　2点　3点　4点　5点　6点　7点　8点　9点　10点

質問17：あなたは、「雪女」は、どれくらい人気がある「昔話・伝説」だと思いますか？「とても人気が高い」を10点、「全く人気がない」を1点とした場合、何点と考えますか？当てはまるもの一つに　○　を付けて下さい。

選択肢：1点　2点　3点　4点　5点　6点　7点　8点　9点　10点

表２　アンケート内容（「日本文学・日本文化の伝説について」 質問用紙）

質問１：あなたの年齢に当てはまるもの一つに　○　を付けて下さい。

　選択肢：９歳以下　10 ～ 19 歳　20 ～ 29 歳　30 ～ 39 歳　40 ～ 49 歳

　50 ～ 59 歳　60 ～ 69 歳　70 ～ 79 歳　80 歳以上

質問２：あなたの性別に当てはまるもの一つに　○　を付けて下さい。

　選択肢：男性　女性　未回答

質問３：あなたは、15 歳頃まで、主にどこで暮らしていましたか？当てはまるもの一つに　○　を付けて下さい。

　選択肢：日本　日本以外の国

質問４：あなたは、現在、学校やカルチャーセンターなどで、日本文学や日本文化を勉強していますか？当てはまるもの一つに　○　を付けて下さい。

　選択肢：はい　いいえ

質問５：あなたは、「昔話・伝説」と聞いて、含まれると思う作品は何ですか？当てはまるものに　○　を付けて下さい。　○　は一つでなくてもかまいません。

　選択肢：雪女　かぐや姫　かちかち山　舌切りすずめ　浦島太郎

　さるかに合戦　桃太郎　花咲かじいさん　うばすて山（おばすて山）

　トイレの花子さん　口裂け女　天女の羽衣

質問６：あなたは、「昔話・伝説」（都市伝説を除く）を、どこから聞いて知っていると考えていますか？当てはまるものに　○　を付けて下さい。　○　は一つでなくてもかまいません。

　選択肢：親　祖父母　きょうだい　友達　親せき　幼稚園・保育園

　小学校の授業・教科書　童謡・歌　絵本・紙芝居　アニメ　ゲーム　その他

質問７：あなたは、「浦島太郎」を、どこから聞いて知っていると考えていますか？当てはまるものに　○　を付けて下さい。　○　は一つでなくてもかまいません。

　選択肢：親　祖父母　きょうだい　友達　親せき　幼稚園・保育園

　小学校の授業・教科書　童謡・歌　絵本・紙芝居　アニメ　ゲーム　その他

質問８：あなたにとって、「トイレの花子さん」や「口裂け女」は「昔話・伝説」に含まれますか？当てはまるもの一つに　○　を付けて下さい。

　選択肢：はい　いいえ

質問９：あなたは、「浦島太郎」は、どのくらい知られている「昔話・伝説」だと思いますか？「とても知られている」を 10 点、「全く知られていない」を１点とした場合、何点と考えますか？当てはまるもの一つに　○　を付けて下さい。

般の人々にとっては、昔話・伝説のひとつとして高く認識されていることが分かった。その意味では、物語・昔話・伝説は混同されていることになる。

ただし、『竹取物語』と同じく中古の物語作品にあたる「うばすて山（おばすて山）」、つまり、『大和物語』第一五六段の棄老伝説の場合、異なる傾向を示した。全体データを見ると、「うばすて山（おばすて山）」は三二％、旧来の昔話・伝説のうち最低値を示している。一五歳頃まで日本国内に生育環境があったとする回答者層は三三％、一方、日本国内に生育環境がなかったとする回答者層は二〇％であり、認知度自体、いずれの層でも高くはない。棄老伝説は高校教科書に収載されているし、絵本やアニメもあり、現在も新聞報道等で耳にする言葉であるのだが、認知度は低いことが分かった。ただし、一五歳頃まで日本国内に生育環境があったとする回答者層のうち三五歳以上の層では七〇％であり、壮年・老年層にとって棄老伝説の認知度は比較的高かった。つまり、『竹取物語』と『大和物語』とは同じく中古に成立した物語文学であっても、そして日本国内に生育環境がある場合でも、世代ごとに認識度が相違する作品と分かった。

一方、低い数値を示した作品を確認すると、データ全体では、順に、「トイレの花子さん」一二％、「口裂け女」一三％であった。いずれも都市伝説である。よって、一般の人々が都市伝説を昔話・伝説に含める割合は非常に低く、従来の昔話・伝説と新興の都市伝説とを同列視せずに、比較的明確に識別していることが判明した。

そして、都市伝説を除く旧来の昔話・伝説の中で最低値を示したのは、「うばすて山（おばすて山）」三二％、次いで「天女の羽衣」四八％、「雪女」五一％であった。ただし、一五歳頃まで日本国内に生育環境があったとする壮年・老年層の場合、これらはいずれも七〇％であり、昔話・伝説としてある程度認識されているため、これらは世代によって認知度にばらつきのある作品であることが分かった。

ところで、全体データと対比すると、一五歳頃まで日本国内に生育環境がなかったとする回答者層のデータには、いくつかの興味深い特徴があった。前述したように決して安定している数値ではないのだが、参照として提示しておきたい。

一つ目は、一五歳頃まで日本国内に生育環境があったとする回答者層にとってさほど数値は高くなかった「雪女」が、ここでは最高値の八〇%を示していることである。次いで、「トイレの花子さん」、「天女の羽衣」四〇%、それ以外の過半数の作品は二〇%であった。

二つ目は、一五歳頃まで日本国内に生育環境があるとする回答者層では、圧倒的に高い数値を示していたはずの「かぐや姫」、「浦島太郎」、「桃太郎」の数値は全て二〇%と低く、かつ、大半の他作品と同値であることである。特にこの点は留意しておきたい。なぜなら、日本国内に生育環境がなかったとする回答者層にとっては、上位三作品への理解は、他作品と同程度にすぎないとなるからだ。加えて、都市伝説と従来の昔話・伝説とをさほど区別していない傾向にあることをも意味する。換言すれば、「かぐや姫」、「浦島太郎」、「桃太郎」の三作品の認知度は、生育環境に関与している可能性が高いと判断しうる根拠となる。

ただし、日本国内に生育環境がなかったとする回答者層とて、旧来の昔話・伝説と都市伝説とを、単純に同一視しているわけでもないようである。なぜなら、「トイレの花子さん」は四〇%でも、「口裂け女」は〇《ゼロ》%だからである。これについては、一九八〇年代に主に隆盛した都市伝説であるものの、二〇二二年現在では話題性に乏しいことに起因している可能性がある。

さて、連動する問いとして、「あなたにとって、「トイレの花子さん」や「口裂け女」は「昔話・伝説」に含まれますか?」という質問項目を設定した。「目的1」に関する項目となる。

全体データでは、「はい」二一%であった。

この点について、属性ごとに確認した。

一五歳頃まで日本国内に生育環境があったとする回答者層の場合、「はい」二〇％、生育環境がなかったとする回答者層の場合、「はい」四〇％である。しかし、一五歳頃まで日本国内に生育環境があったと回答した三五歳以上の壮年・老年層の場合、「はい」〇《ゼロ》％であった。よって、都市伝説は昔話・伝説ではないと、明確に認識していることになる。

以上をまとめると、次のようになる。

一五歳頃まで日本国内に生育環境があるとする一般の人々は、『竹取物語』、浦島伝説、『桃太郎』の三作品を、代表的な昔話・伝説のひとつとして認識している。五大昔話の中では、『桃太郎』の認知度は別格であり、浦島伝説はそれとほぼ同じ位置づけにある。近世から続いてきた五大昔話という括りに対して、次第に変動が生じている可能性を示している。それは、ひいては昔話・伝説の享受の変化を意味していよう。

四　昔話・伝説の享受の経路

昔話・伝説に関する比較的広範な二つ目の質問項目は、「あなたは、「昔話・伝説」（都市伝説を除く）を、どこから聞いて知っていると考えていますか?」である。複数回答を可とした。「目的2」、「目的3」に関する項目となる。選択肢については、学生からの事前の聞き取り等を踏まえて、以下のとおりとした。「親」、「祖父母」、「きょうだい」、「友達」、「親せき」、「幼稚園・保育園」、「小学校の授業・教科書」、「童謡・歌」、「絵本・紙芝居」、「アニメ」、「ゲーム」、「その他」、全一二点である。

本質問項目の結果は、以下のとおりであった。

データ全体における最高値は、順に、「絵本・紙芝居」七八％、「童謡・歌」五七％、「小学校の授業・教科書」五三％である。

この点について、属性ごとに確認した。

一五歳頃まで日本国内に生育環境があったとする回答者層の場合、「絵本・紙芝居」八一%、「童謡・歌」五九%、「小学校の授業・教科書」五四%と、データ全体に比していずれも微増している。ことに、「絵本・紙芝居」については、一〇代・二〇代は八〇%、壮年・老年層は九〇%、いずれも極めて高い数値を示している。

ここで留意しておきたいのは、一五歳頃まで日本国内に生育環境があったとする回答者層の場合、「絵本・紙芝居」に対して突出した数値が示されたことである。前述のように、若年層は八〇%、壮年・老年層は九〇%台を占めている。別途、学生たちへ聞き取りを行ったところ、「絵本・紙芝居」を聞いて楽しむ側と、自分が人前で朗読等をする側、双方の経験が、小学校や幼稚園の在籍時にあったという情報を得た。

したがって、昔話・伝説の享受において、幼少時の生育環境における「絵本・紙芝居」の体験が主流となっていることが確認できた。そこにはカタリの影響力が指摘できる。教育機関が文化教育に一定の役割を果たしていることもうかがえよう。「童謡・歌」と「小学校の授業・教科書」とは、一五歳頃まで日本国内に生育環境があったとする回答者層の場合、いずれの回答層でも五〇~六〇%程度と過半数を超えているものの、極めて高い数値を誇る「絵本・紙芝居」よりも数段階下位に属しており、同列とは言えないことが分かった。第二位、第三位に位置している点は看過できるものではないし、「小学校の授業・教科書」の影響力は現在もある程度見られるのであるが、「絵本・紙芝居」の影響力には及ばないことが判明した。

また、一五歳頃まで日本国内に生育環境があったとした回答者層の場合、「親」四三%、「祖父母」一八%、「きょうだい」、「友達」、「親せき」は、いずれも一〇%以下であった。よって、親や祖父母といった直系尊属が、世代順に、昔話や伝説の内容を、子や孫といった直系卑属へと伝えていることが分かる。すなわち、公的領域では公共教育機関の「絵本・紙芝居」からの享受が大きく、私的領域では「親」からの享受が大きいことが判明した。

では、本稿の主軸である浦島伝説の場合はどうか。

それに関する質問項目は、次のとおりである。

「あなたは、「浦島太郎」を、どこから聞いて知っていると考えていますか?」である。複数回答を可とした。「目的2」、「目的3」に関する項目となる。選択肢は、「親」、「祖父母」、「きょうだい」、「友達」、「親せき」、「幼稚園・保育園」、「小学校の授業・教科書」、「童謡・歌」、「絵本・紙芝居」、「アニメ」、「ゲーム」、「その他」、全一二点である。

本質問項目の結果は、以下のとおりであった。

データ全体における最高値は、順に、「絵本・紙芝居」六一%、「幼稚園・保育園」四九%、「親」三九%である。この点について、属性ごとに確認した。

一五歳頃まで日本国内に生育環境があったとする回答者層の場合、最高値は、順に、「絵本・紙芝居」六四%、「幼稚園・保育園」五一%、「親」四一%と、いずれも微増した。

よって、他の昔話や伝説と同様、浦島伝説も「絵本・紙芝居」の影響が最も及んでいると分かった。一方、「小学校の授業・教科書」は二四%であり、教科書の影響力は最も大きいと断言するには至らない結果となった。その意味では、三浦佑之が指摘してきた明治以降の国定教科書による均質した伝説の伝播は、現在も無論見られるのだが、その影響力は当時に比して低下しつつあるとみてよいのではあるまいか。

以上をまとめると、一般の人々、ことに一五歳頃まで日本国内に生育環境がある場合の特徴は次のようになる。昔話・伝説の享受において、「絵本・紙芝居」は、日本国内で生育したと考えられる一般の人々のうち、どの世代でも比較的高い数値を示しているのであり、「小学校の授業・教科書」以上の影響力を持っているようである。公的領域では、幼稚園等の教育機関による「絵本・紙芝居」からの享受が大きく、私的領域では「親」である尊属からの享受が大きい。読む側と聞く側との体験が共存していることから、読みもの（読む）としての昔話・伝説のみならず、語りもの（聴く／話す）としての側面をも継承していると判断できる。よって、享受の問題を考える際には、カタリの影響力を念頭とする必要がある。

五　浦島伝説の認知度・人気度・縁起度

次に、浦島伝説の内容に関する質問項目を設けた。

一つ目は浦島伝説の認知度である。質問項目は、「あなたは、「浦島太郎」は、どのくらい知られている「昔話・伝説」だと思いますか？「とても知られている」を一〇点、「全く知られていない」を一点とした場合、何点と考えますか？」である。選択肢は一点から一〇点まで、一点刻みで設定した。「目的3」に関する項目となる。七〜一〇点が多い場合、浦島伝説は、人気度は別として認知度は高いことがわかる。

本質問項目の結果は、以下のとおりであった。

データ全体では、八・七八点、一五歳頃まで日本国内に生育環境があったとする回答者層の場合、八・九〇点であり、浦島伝説の認知度は極めて高かった。

二つ目は浦島伝説の人気度である。質問項目は、「あなたは、「浦島太郎」は、どれくらい人気がある「昔話・伝説」だと思いますか？「とても人気が高い」を一〇点、「全く人気がない」を一点とした場合、何点と考えますか？」というものである。選択肢は一点から一〇点まで、一点刻みで設定した。「目的3」に関する項目となる。先の質問項目と連動する問いである。七〜一〇点が多い場合、浦島伝説は、認知度も人気度も高いことになる。認知度の高さと人気度とは必ずしも比例するとは限らないと考えたため、この二つの質問項目をそれぞれ設定した。

本質問項目の結果は、以下のとおりであった。

データ全体では、七・二八点、一五歳頃まで日本国内に生育環境があったとする回答者層の場合は七・四二点であり、比較的高い数値を示した。浦島伝説に関しては、認知の割合のほうが人気の割合よりやや高い。

浦島伝説の人気度を客観的に把握するため、他作品と対比した。取り上げたのは、五大昔話のひとつである『かちかち山』と、そして五大昔話ではない『雪女』との二作品である。異界訪問譚ではないのだが、現在の浦島伝説の末尾と同様、悲哀を含む結末を迎える作品を選出した。質問項目は、「あなたは、「かちかち山」は、どれくらい人気がある「昔話・伝説」だと思いますか?「とても人気が高い」を一〇点、「全く人気がない」を一点とした場合、何点と考えますか?」、「あなたは、「雪女」は、どれくらい人気がある「昔話・伝説」だと思いますか?「とても人気が高い」を一〇点、「全く人気がない」を一点とした場合、何点と考えますか?」である。いずれも選択肢は一点から一〇点まで、一点刻みで設定した。「目的3」に関する項目となる。七〜一〇点が多い場合、『かちかち山』、『雪女』は人気度が高いことになる。

本質問項目の結果は、以下のとおりであった。

データ全体では、「かちかち山」は六・〇四点、「雪女」は五・七七点、いずれも六点前後であった。一五歳頃まで日本国内に生育環境があったとする回答者層の場合も、「かちかち山」六・〇七点、「雪女」五・七一点であり、数値にそれほどの差異はなかった。そのため、データ全体七・二八点であった浦島伝説は、この二作品より一段階高い人気を誇るという結果となる。

三つ目は、浦島伝説は縁起のよい作品として認識されているか、あるいは、縁起のよくない作品として認識されているかという質問項目である。中世・近世の浦島享受の特徴のひとつである祝祭性は、現在はどの程度継続しているのか、あるいは変質しているのかをはかるために設定した質問である。浦島伝説の享受の変遷において、今回の調査で最も把握したいと考えていた項目のひとつにあたる。なお、「縁起度」という言葉は一般的とは言えないであろうが、「認知度」や「人気度」と同様に探りたいという考えから、本稿では「縁起度」という歪な言葉を敢えて用いることとした。

質問項目は、「あなたは、「浦島太郎」は、縁起のよい話だと思いますか?」「とても縁起がよい」を一〇点、「とても縁起が悪い」を一点とした場合、何点と考えますか?」というものである。連動する質問項目として設定した。選択肢は一点から一〇点まで、一点刻みで設定した。「目的3」に関する項目となる。七〜一〇点が多い場合、浦島伝説は、現在ある程度縁起のよい作品として認識されていることになり、中世・近世の享受に近い様相となる。一〜四点が多い場合、縁起がよいとは言えない、あるいは縁起の悪いものとして認識されていることになる。その場合、上代・中古の享受に近い様相となる。

その結果、データ全体では、四・九三点、一五歳頃まで日本国内に生育環境があったとする回答者層の場合、四・九三点と同値を示した。一五歳頃まで日本国内に生育環境がなかったとする回答者層の場合も、五・〇〇点とほぼ同値であった。そして、一五歳頃まで日本国内に生育環境があったとする一〇・二〇代の回答者層は四・八六点、三五歳以上の壮年・老年層の場合は五・六〇点、ほぼ同値であった。

これまで確認してきたように、他の昔話や伝説では、属性によって数値にばらつきが見られる場合もあった。時には、数値が明確に分かれることもあった。ところが、この質問項目の場合、さほどの相違は見られなかったのである。質問項目に対する数値そのものは、年齢層や生育環境によらず、五点前後と判明した。正確に把握するため、全体データにおける回答を一人ずつ確認したところ、五点前後とした回答者は六三名であった。内訳は、四点が二二名、五点が二六名、六点が一五名であった。平均値のみならず個別のデータでも、五点という回答が最多であった。

したがって、浦島伝説への認識は、縁起がよいとも、縁起が悪いとも、いずれとも言えないという結果となった。いずれの側とも判断しがたいとする回答が最多数を占めていることになる。

この結果をどのように理解すればよいのか。

要因には、たとえば以下が想定される。龍宮での歓待を縁起がよいと解釈したものの、見慣れた地上世界を喪失した上に、玉手箱の開封によって予期せず老人となったことへの縁起の悪さとが混在したために、中途半端な数値となった可能性である。しかしながら、それ以上に留意しておきたいのは、古代のような悔恨の情も、中世以降の祝祭の色彩も、いずれも纏っていないことである。

以上をまとめると、次のようになる。

浦島伝説の認知はおよそ九〇％前後、極めて高いと言える。認知のほうが人気よりやや高いものの、五大昔話のひとつである『かちかち山』よりも明確に高い人気を誇っている。そして現在、浦島伝説は縁起がよいものとも、よくないものとも、いずれにもならないという結果となった。老死への悔恨が押し出されている上代・中古の理解とも、長寿や鶴亀による祝祭的要素の強い中世・近世の理解とも異なる傾向を示している。少なくとも、近世の新春歌舞伎のような華やかな縁起物としての要素を、そのまま継承してはいないようである。

六　浦島伝説・『桃太郎』・『竹取物語』

続けて、浦島伝説の認知度や人気度をより把握するため、浦島伝説と同程度認知されていると考えられる作品について同一の質問項目を設定した。

一つ目は『桃太郎』である。浦島伝説は上代に発生した伝説であり、『桃太郎』とは成立年代もジャンルも異なっているが、縮緬本に所収されている著名な作品であることや、若い男性による異界訪問譚という話型《タイプ》が共通している。両者の相違点は結末にあり、浦島は玉手箱という獲得物によって老衰を迎えるが、桃太郎は鬼ヶ島の宝物を獲得する。

まず、浦島伝説同様、『桃太郎』の認知度と人気度とをはかった。

質問項目は、「あなたは、「桃太郎」は、どのくらい知られている「昔話・伝説」だと思いますか?「とても知られている」を一〇点、「全く知られていない」を一点とした場合、何点と考えますか?」である。選択肢は一点から一〇点まで、一点刻みで設定した。「目的3」に関する項目となる。七～一〇点が多い場合、『桃太郎』は、人気度は別として認知度は高いことがわかる。

本質問項目の結果は、以下のとおりであった。

データ全体では、九・〇七点、一五歳頃まで日本国内に生育環境があったとする回答者層は九・一一点であった。よって、『桃太郎』は非常に高い認知度を有している。浦島伝説の場合、データ全体では八・七八点、一五歳頃まで日本国内に生育環境があったとする回答者層の場合、八・九〇点であったことから、ほぼ同値であり、この二作品の認知は極めて高かった。

続く質問項目は、「あなたは、「桃太郎」は、どれくらい人気がある「昔話・伝説」だと思いますか?「とても人気が高い」を一〇点、「全く人気がない」を一点とした場合、何点と考えますか?」である。選択肢は一点から一〇点まで、一点刻みで設定した。「目的3」に関する項目となる。七～一〇点が多い場合、『桃太郎』は、認知度も人気度も高いことになる。人気度にさほど開きがなければ、対照的な結末でも人気へはさほど関係しないことになる。

先に確認したように、浦島伝説の人気度は、データ全体では七・二八点、一五歳頃まで日本国内に生育環境があったとする回答者層の場合、七・四二点であった。対して、『桃太郎』の人気度は、データ全体では八・四六点、一五歳頃まで日本国内に生育環境があったとする回答者層の場合、八・五六点と微増した。そのため、浦島伝説も『桃太郎』も高い数値を誇るが、『桃太郎』のほうがやや高い。

すなわち、若い男性による異界訪問譚という共通項を持つ浦島伝説と『桃太郎』とは、結末は対照的でさえあるが人気はほぼ同値であり、結末に開きがあろうとも人気は左右されていないと分かった。

続けて、浦島伝説の認知度や人気度をより明確に把握するため、もうひとつの比較対象を設けた。『竹取物語』である。

『竹取物語』は『源氏物語』に「物語の出で来はじめの親」（「絵合」二巻三八〇頁）とあるように、中古に成立した最も古い物語のひとつである。よって、浦島伝説とは成立年代もジャンルも異なっており、五大昔話でもない。しかし両者には共通項がある。神仙思想を背景としていることや、ほぼ同時代に流通している作品という点である。(17) かぐや姫は月世界から地上へと来た女性の仙人であるし、浦島伝説を漢文体で精緻に叙述している『浦島子伝』や『続浦島子伝記』では、浦島は海の仙人の世界へと赴いた男性の地上の仙人とされている。それに、若い人間の身体を持つことや異界訪問譚であることも共通している。かぐや姫は人間ではないが、竹取の翁から「変化の人といふとも、女の身持ちたまへり」（二二頁）と説得されて、結婚という地上のルールを受け入れるようにと、その身体を根拠として要求されていた。『竹取物語』は月世界から地上へという異界訪問譚になる。作品の結末も、浦島伝説が老死を迎えているのに対して、『竹取物語』は月世界への帰還によって地上の人々の悲嘆が叙述されているなど類似している。

まず、浦島伝説同様、『竹取物語』の認知度と人気度とをはかった。

質問項目は、「あなたは、「かぐや姫」は、どのくらい知られている「昔話・伝説」だと思いますか?「とても知られている」を一〇点、「全く知られていない」を一点とした場合、何点と考えますか?」である。選択肢は一点から一〇点まで、一点刻みで設定した。「目的3」に関する項目となる。七～一〇点が多い場合、『竹取物語』は、人気度は別として認知度は高いことがわかる。

本質問項目の結果は、以下のとおりであった。

データ全体では、八・一九点、一五歳頃まで日本国内に生育環境があったとする回答者層は八・二七点と微増しており、極めて高い数値を示した。

続く質問項目は、「あなたは、「かぐや姫」は、どれくらい人気がある「昔話・伝説」だと思いますか？「とても人気が高い」を一〇点、「全く人気がない」を一点とした場合、何点と考えますか？」である。選択肢は一点から一〇点まで、一点刻みで設定した。「目的3」に関する項目となる。七〜一〇点が多い場合、『竹取物語』は、認知度も人気度も高いことになる。

先に確認したように、浦島伝説の人気度は、データ全体では、七・二八点、一五歳頃まで日本国内に生育環境があったとする回答者層の場合、七・四二点であった。それに対して、『竹取物語』の人気度は、データ全体では七・八八点、一五歳頃まで日本国内に生育環境があったとする回答者層は七・九六点と微増していた。両者の数値はほぼ同じと見てよい。結末が死や離別であろうとも、人気に影響を与える要素ではないと見てよい。

以上をまとめると、次のようになる。

若い人間による異界訪問譚という共通項を持つ浦島伝説、『桃太郎』、『竹取物語』だが、結末が幸不幸のいずれであっても人気は極めて高く、左右されてはいない。

七　おわりに

現在、人々はどこから伝説を知り、愛好しているのか。浦島伝説をどこから享受しているのか。一五歳頃まで日本国内に生育環境がある一般の人々を念頭にして、この問いから始まったアンケート分析の結果、注目されるものは以下のとおりとなった。

浦島伝説、『竹取物語』、『桃太郎』の三作品は、他作品とは異なる存在感を放つ、代表的な昔話・伝説として認識されている。五大昔話でなくとも、浦島伝説の認知度は別格となる。若い男性による異界訪問譚として共通する浦島伝説と『桃太郎』との結末は対照的だが、人気への影響は特段見られない。神仙思想を持つ作品として同時代に流通し、若い人間による異界訪問譚としても共通する要素を持つ浦島伝説と『竹取物語』とは、死に相当する結末を迎えているが、これも、悲哀が残るものであっても高い人気を博している。よって、作品の結末は人気度にさほど影響を与えていないようである。

そして、浦島伝説の享受史において、中世から近世までは比較的明確に縁起物として扱われてきたものの、現在は、縁起がよいとも悪いともされていない、いわば中途半端な認識を持たれていることが判明した。したがって、上代・中古の理解とも中世・近世の理解とも異なる傾向を示している可能性がある。少なくとも近世の新春歌舞伎のような、祝祭の要素は前面には押し出されていないようである。

こうした昔話・伝説の享受には生育環境が関与している。小学校の教科書や授業以上に、最も影響を与えているのは、どの世代でも「絵本・紙芝居」であった。その際、読む側と聞く側、双方の体験が共存していることから、読みもの（読む）としての昔話・伝説のみならず、語りもの（聴く／話す）としての側面をも継承していると判断される。つまり、音読によるカタリの影響力を念頭とする必要がある。公的領域では公共教育機関を通じた享受が大きく、私的領域では親からの享受が大きい。

現在の浦島伝説享受には、幼児期における、いわばカタリの方法が影響を与えているのではあるまいか。「童謡・歌」への回答が一定数あったことも、それに関連している可能性がある。貴族層向けの漢文体による性愛描写に始まり、嫁入本や草双紙と結びついて絵を伴う読み物として隆盛したものの、明治期は国定教科書を通じて幼児教育の道標となった。そして現在は、絵本や紙芝居によるカタリという、新たな領域に足を踏み入れつつあるということになろうか。その意味では、浦島享受史は、紙に言葉と絵とが書き付けられた、あるいは印刷されたものを通じたスタイルから、音読や追体験という聴覚を踏まえた領域へと変じつつある可能性を指摘した。

『竹取物語』『源氏物語』は新編日本古典文学全集による。表一は諸般により一頁でおさめた。

注

(1)曲亭馬琴『燕石襍志』巻四（文化八（一八一一）年)。高木敏雄『人身御供論』(ちくま学芸文庫、二〇一八年。初出宝文館出版、一九七三年)。

(2)項目「日本五大昔話」(日本国語大辞典、小学館)。

(3)林巨樹監修「名数小辞典」(日本大百科全書、小学館)。

(4)森林太郎(森鴎外)・松村武雄・鈴木三重吉・馬淵冷佑撰、瀬田貞二解説『日本お伽話集　一　神話・伝説・童話』(東洋文庫、平凡社、一九七二年)。

(5)野村純一編『別冊国文学　昔話・伝説必携』(學燈社、一九九一年)。

(6)「昔話法廷―NHK　for School」(日本放送協会公式 HP　https://www.nhk.or.jp/school/sougou/houtei/　二〇二二年四月二四日閲覧)。二〇一五年放送～二〇二二年現在に至る。

(7)三浦佑之『浦島太郎の文学史―恋愛の文学史―』(五柳書院、一九八九年)。

(8)中嶋真弓「小学校国語教科書教材「浦島太郎」採録の変遷」(『愛知淑徳大学論集―文学部・文学研究科篇―』二〇一〇年三月)。

(9)静岡英和学院大学研究倫理委員会承認。

(10)「データの散らばりを見る」(総務省統計局 HP「なるほど統計学園」https://www.stat.go.jp/naruhodo/10_tokucho/chirabari.html　二〇二二年一一月六日閲覧)。

(11)「統計用語辞典」(総務省統計局 HP「なるほど統計学園」https://www.stat.go.jp/naruhodo/13_yougo/ha-gyo.html　二〇二二年

一一月六日閲覧）。
(12)野村純一編（5）前掲書。
(13)高木敏雄（1）前掲書から（6）までを含む。石井正己『昔話の読み方伝え方を考える―食文化・環境・東日本大震災―』（三弥井書店、二〇一七年）等。
(14)「日本関係欧文図書　ちりめん本データベース」（国際日本文化研究センター HP　https://shinku.nichibun.ac.jp/chirimen/index.php?disp=JP　二〇二二年四月二五日閲覧）。縮緬本を出版した長谷川武次郎は、明治一八（一八八五）年～明治二五（一八九二）年、『日本昔噺』（Japanese Fairy Tale Series）二〇巻二一冊を刊行している。
(15)石井正己編『世界の教科書に見る昔話』（三弥井書店、二〇一八年）。教科書制作に携わる出版社のHPも適宜参照した。例として「平成二三年版（平成二三年～平成二六年使用）小学校教科書（光村図書 HP　https://www.mitsumura-tosho.co.jp/chronicle/shogaku/h23/6nen.html　二〇二二年四月二四日閲覧）等。
(16)宮田登『都市空間の怪異』（角川選書、二〇〇一年）、宮田登『妖怪の民俗学―日本の見えない空間―』（ちくま学芸文庫、二〇〇二年）。
(17)渡辺秀夫『かぐや姫と浦島―物語文学の誕生と神仙ワールド―』（塙選書、二〇一八年）。

謝辞　アンケート実施に際して、性格心理学・教育心理学を専門とする静岡英和学院大学の林智幸氏の協力を得た。数値分析は同氏に依頼した。深甚の謝意を表する。

あとがき

三つの課題が眼前にあった。

一つ目は、浦島伝説の研究の現状と市井の人々の享受との乖離である。日本文学・日本文化研究が多彩となり、同時に細分化しているように映る現在の研究環境の中、超自然的存在をえがく作品分析は、かつての活況を示すことなく、ある種の停滞を示しているようにも見える。しかし、多くの市井の人々は、多くの伝説や昔話を愛好していて、語り継いでいる。サブカルチャーに活用されている場合もある。乖離のようなこの状態を、どのように解釈すればよいのであろうか。

二つ目は、現在の浦島伝説の享受の実態把握である。それにはひとまずアンケート形式で試行できないかという発想があった。日本文学・日本文化に根強く残っている伝説には、したたかな弾力性があるように映る。流通している作品が時代を反映している場合もある。国家という上位層からの通達による教科書の影響力は、おそらく現在さほどではないであろう。ならば、どこから人々はそれを受け継いできたのか。日本文学研究の枠組にとらわれない思考の試みをしてみたいと考えた。

そして、市井の人々が気軽に参画が可能で、かつ、ある程度の専門性を有する学術的企画はできないものか。これが三つ目の課題である。学会や研究会などの場で、研究者のみで開催される正統派のアカデミズムによるパネルディスカッションとは異なる、柔軟な催しの試みである。

国税を原資とする科研費事業という側面は、もちろんはずせまい。その性格から、研究成果という利益を、人々へ広く還元する必要がある。しかし、それ以上に、その根底には、言葉や文化に関する研究成果を、学会や学校というアカデミズムの場を超えて、市井の人々に伝えたいという個人的な思いがあった。それは、静岡県内のはずれの一地域で生育したわたくしの環境の影響も多分にある。文学・文化研究に触れたくても思うようにならなかったことへ向けられた、飢えのような当時の感覚。それは現在もなお枯渇することはない。いまだにどこか満たされていないのだろうと思う。あの時の自分と同じ境遇にある人々は、今もきっといるはずだ。その人々へ向けて、自分に一体何ができるか。

今回の挑戦は、文系大学の専任教員としてひとまず在籍しうる今、かつての自分に対してはたしてどれだけ正面から向き合えているのかという、いわば過去の自分への回答であったし、生育してくれた静岡の地への感謝を込めた知的還元でもあった。

ただ、会場校の負担は懸念した。会場とした本務校の静岡英和学院大学では、かかる公開事業は前例がないと聞いたからである。着任わずか数年の身の上で本当に実施してもよいものだろうかという躊躇や不安は、最後まで消えなかった。しかし、行動しなくては伝わらないことがあると、信じぬくしかなかった。

文学・文化研究を人々へ届けたい。その一念に尽きた。幸いなことに、多彩な背景を持つ研究協力者たちのもと、一般のかたがたや学生たちを対象としたパネルディスカッションの開催が可能となった。昔話や伝説がどのように映っているのかを把握するためのアンケートを実施することもできた。正統的な日本文学の研究方法から見れば、かかる論考はまず前例がない。しかし、先行研究を問い直すためには有益で魅力的な方法のひとつに違いないと確信していたし、簡易であれ、学術的記録として一定の価値はあるはずだと判断した。わたくし自身は、学生でもベテランの研究者でもなく、ごく新人の、一応は研究者に属していると認識している。だからこそ、ある程度は試行錯誤することも可能であろうと考えた。本件の研究協力者全員が偶然同世代であったことも、比較的率直なやりとりが可能となった背景のひとつとなったように思われる。

この試みがどのように評価されるかは分からない。それにわたくしの本来の研究領域は、『落窪物語』等の古代後期文学に叙述されている言葉の分析であり、それだけに、専門外となる浦島伝説を対象とすること、それ自体が、緊張と手探りとの連続であった。もちろん、専門領域が異なるとはいえ、霊的存在や霊力の様相を分析するという従来の研究姿勢自体は何ら揺らぐことはない。とはいえ、パネリストたちの興味深い指摘や他分野の研究方法をうまく取り込み、よい意味でかきまわすことができたかどうかも分からない。

しかしながら、単独では、このような挑戦は到底不可能であった。すべては協力くださったかたがたのおかげである。

以下、謝辞を記す。

まずは日本学術振興会へ深甚の謝意を表する。本計画は日本学術振興会助成事業科学研究費基盤研究（C）「海洋文化圏から見る浦島伝説の宗教観」（研究課題／領域番号　21K00294　研究代表者　畑　恵里子）の助成によるものであり、その研究成果の一部であることを明記する（JSPS科研費 JP21K00294）。

そして、パネルディスカッションへのご後援をいただいた静岡市、ポーランド広報文化センターへ深甚の謝意を表する（五十音順）。ポーランド広報文化センターには、これまでも科研費研究成果報告書刊行時にご後援をいただいた（畑恵里子編『平成二九（二〇一七）～令和二（二〇二〇）年度日本学術振興会科学研究費助成事業基盤研究（C）課題番号 17K02438「舞鶴市糸井文庫蔵浦島伝説関連資料の基礎的研究」研究成果報告書―伝説と文学とについての越境論的提言― A Basic Study on Primary Sources related to Urashima Legend in the possession of Itoi Bunko Library in Maizuru City ― A Proposal for Cross-border View of Legend and Literature ―』静岡英和学院大学人間社会学部人間社会学科畑恵里子研究室、二〇二一年）。

続けて、性格心理学・教育心理学を専門とする静岡英和学院大学の林智幸氏へ、深甚の謝意を表する。林氏はアンケート分析に協力してくれ、専門外のわたくしの基礎的な質問の連続に、誠実に向きあいつづけてくれた。

パネルディスカッションの広報物や本書の表紙を担当してくれた尾藤大喜氏は、わたくしの意思をよく酌み取ってくれ、素晴らしいデザインを創作してくれた。武蔵野書院の本橋典丈氏には、いつも丁寧で迅速なご対応をいただいた。静岡英和学院大学の職員のかたがたには、パネルディスカッションの準備から事後処理にわたり、尽力いただくことができた。わたくしの担当する日本古典文学ゼミの卒業生や学生たちは、当日の会場スタッフとして参画したり、後日のアンケートデータの整理を手伝ってくれたりした。故郷にある伝統の長い静岡英和学院の、学校の歴史や「愛と奉仕の実践」の精神を、尊敬と共にごく身近に感じてきたわたくしにとっては、感無量であった。周囲に恵まれていたことをありがたく思う。令和四（二〇二二）年現在、社会情勢はまだ落ち着いたとは言えない。新型コロナウイルス感染症のために行動が制限されている中、このような機会を得られたことは僥倖であった。海外では厳しい戦闘状態にある地域がある中、国内外の文化を尊重する姿勢を示すことも、ささやかながらできた。

高等教育機関である大学の、文学・文化担当の専任教員の立場にあるからこそ、この一連の活動は可能であり、これまでのわたくしの立場では、それは叶わなかった。参画くださったかたがたの関心を多少なりとも満たすことができていたのならば、これにまさることはない。

本書には、丹後地域で受け継がれている独自の浦島伝承のひとつ、皺榎《しわえのき》の話題にやや比重が置かれている箇所がある。それは、尊敬する国文学者の藤井貞和先生のお言葉が耳朶に響いていたことによる。京都府北部に位置する前任校への着任時、藤井先生は皺榎にまつわるサジェッション、課題、そして励ましを、与えてくださった。その点においても、本事業は、思いがけず縁あって在籍したあの日本海側の地域へ対する、わたくしなりの敬意と礼儀でもあった。あの時過ごした四年間の体験は、今もなお、鮮明に残っている。

そして最後に、本事業の立案・遂行の根底には、恩師である宗教人類学者の佐々木宏幹先生の仕事が影響を与えていることを付記しておく。霊的存在と霊力のありかた、アニミズムとプレアニミズム、研究の基礎を、一から学んだ。改めて、お力添えくださったすべてのかたがたへ、心からの謝意を表する。

令和四（二〇二二）年　穏やかで平和な春を待つ頃に

畑　恵里子

執筆者紹介

畑　恵里子（はた　えりこ）

Eriko HATA

名古屋大学大学院文学研究科人文学専攻日本文学専門博士課程後期課程修了

日本古典文学専門

博士（文学）Ph.D.

静岡英和学院大学　教授

立命館大学　衣笠総合研究機構　客員協力研究員

Professor, Shizuoka Eiwa Gakuin University

Visiting Researcher, The Art Research Center, Ritsumeikan University

主な業績：

・単著『王朝継子物語と力―落窪物語からの視座―』（新典社研究叢書二一一、二〇一〇年）により、平成二四（二〇一二）年度第七回全国大学国語国文学会賞受賞。

・単著「丹後の天女たちの文学的シンクレティズム」（日本文学協会『日本文学』第七一巻第一二号、二〇二二年一二月）。

・畑恵里子編『平成二九（二〇一七）～令和二（二〇二〇）年度　日本学術振興会科学研究費助成事業基盤研究（C）課題番号17K02438「舞鶴市糸井文庫蔵浦島伝説関連資料の基礎的研究」研究成果報告書―伝説と文学と

についての越境論的提言— A Basic Study on Primary Sources related to Urashima Legend in the possession of Itoi Bunko Library in Maizuru City – A Proposal for Cross-border View of Legend and Literature –』（静岡英和学院大学人間社会学部人間社会学科畑恵里子研究室、二〇二一年）。

・校異・脚注等の補佐（藤井貞和校注『落窪物語』岩波文庫、二〇一四年）。

小山　元孝（こやま　もとたか）

Mototaka KOYAMA

龍谷大学文学部史学科国史学専攻卒業

龍谷大学大学院文学研究科修士課程国史学専攻修了

兵庫県立大学大学院地域資源マネジメント専攻科博士後期課程修了

地域史、宗教史

博士（学術）　Ph.D.

福知山公立大学　教授

Professor, The University of Fukuchiyama

主な業績：

・「丹後の海と神仏」（『京都府立大学文化遺産叢書』第一二集「丹後の海」の歴史と文化、二〇一七年）。

シュミット　堀　佐知（しゅみっと　ほり　さち）

Sachi SCHMIDT-HORI

ワシントン大学（米国）大学院アジア言語・文学部博士課程修了
日本古典文学専門
博士（文学） Ph.D.
ダートマス大学（米国） 准教授
Associate professor, Dartmouth College
主な業績：
〈研究書〉
Tales of Idolized Boys: Male-Male Love in Medieval Japanese Buddhist Narratives. Honolulu: The University of Hawai`i Press, June 2021.
〈主要研究論文〉
"Yoshitsune and the Gendered Transformations of Japan's Self-Image." *The Journal of Japanese Studies,* vol. 48 no. 1 (2022): 93–121.
"The Erotic Family: Structures and Narratives of Milk Kinship in Premodern Japanese Tales." *The Journal of Asian Studies,* vol. 80 no. 3 (2021):663–681.
"Symbolic Death and Rebirth into Womanhood: An Analysis of Stepdaughter Narratives from Heian and Medieval Japan." *Japanese Language and Literature,* vol. 54 no. 2 (2020): 448–475.
"The Boy Who Lived: The Transfigurations of Chigo in the Medieval Japanese Short Story Ashibiki." *Harvard Journal of Asiatic Studies,* vol. 75 no. 2 (2015): 299–329.
"The New Lady-in-Waiting Is a Chigo: Sexual Fluidity and Dual Transvestism in a Medieval Acolyte Tale." *Japanese*

Language and Literature, vol. 43 no. 2 (2009): 383–423.

園山　千里（そのやま　せんり）
Senri SONOYANA
立教大学大学院文学研究科日本文学専攻博士課程後期課程修了
日本古典文学専門
博士（文学）Ph.D.・Habilitation
国際基督教大学　准教授
ポーランド国立ヤギェウォ（ヤギェロン）大学　准教授
Associate professor, International Christian University
Associate professor with habilitation, Jagiellonian University in Krakow

主な業績：

・『Poetyka i pragmatyka pieśni waka w dworskiej komunikacji literackiej okresu Heian (794-1185)』（ポーランド語による執筆・日本語訳『平安時代の宮廷文学における和歌の詩法と実態（794年-1185年）』単著、ヤギェロン大学出版、二〇一九年）。

・『Japanese Civilization: Tokens and Manifestations』（編著、Academic Publisher、POLAND 2019）。

・「『落窪物語』における手紙と和歌との考察」（共著、小山利彦編『王朝文学を彩る軌跡』武蔵野書院、二〇一四年）。

・「『枕草子』と「法華八講―法華八講の歴史から」（共著、古代中世文学論考刊行会『古代中世文学論考』第二五集、新典社、二〇一一年）。

享受される海洋文化――伝説・楽園・異界――

The Development of Maritime Cultures, Legends, Paradise, and the Other World

2023年1月31日 初版第1刷発行

編　　者：畑　恵里子
発 行 者：前田智彦
装　　幀：武蔵野書院装幀室
発 行 所：武蔵野書院
〒101-0054
東京都千代田区神田錦町3-11 電話03-3291-4859　FAX 03-3291-4839

印刷製本：三美印刷㈱

ISBN 978-4-8386-1003-7 Printed in Japan